시는 죽었는데 시는 그걸 모른다

박세현

1953년생
시집 여덟 권
기타 등등

시인의 잡담

© 박세현, 2015

1판 1쇄 인쇄 __ 2015년 05월 20일
1판 1쇄 발행 __ 2015년 05월 30일

지은이 __ 박세현
펴낸이 __ 양정섭

펴낸곳 __ 작가와비평
　　　　　등록 __ 제 2010-000013호
　　　　　블로그 __ http://wekorea.tistory.com
　　　　　이메일 __ mykorea01@naver.com

공급처 __ (주)글로벌콘텐츠출판그룹
　　　　　대표 __ 홍정표 **디자인** __ 김미미 **편집** __ 김현열 송은주 신은경 **기획·마케팅** __ 노경민
　　　　　경영지원 __ 안선영
　　　　　주소 __ 서울특별시 강동구 천중로 196 정일빌딩 401호 **전화** __ 02-488-3280 **팩스** __ 02-488-3281
　　　　　홈페이지 __ www.gcbook.co.kr

값 12,000원
ISBN 979-11-5592-146-3 03810

박세현 산문집

/

시인의 잡담

작가와비평

가끔, 나는 내가 살아있다고 생각한다.
쓸쓸한 오해와 착각.

한시절의 들숨과 날숨이 여기 다 모여 산다.
심심해서 그리고 손이 굳을까봐 해 본 타자다.

먼 훗날, 언젠가 (지금이 그날이지만)
이 책을 펼쳐놓고 나는 물을 것이다.

당신은 누구였던가?

2015년

봄

차 례

박세현 산문집

시인의 잡담

시인의 잡담

1

우연에 바친다

우연에 바친다.

그리고 우리 우연히 꼭 한번 만나자.

시는 삶의 형식이다.
하지만 뜨거운 삶을 삼킨 형식이다.

여인네가 돋보기를 쓰고 시를 읽는다.
내가 손대고 싶은 세상의 마지막 여백.

소설은 거짓말을 좋은 종이에 쓰는 것이라는 문장만큼
나를 설득시키고 있는 정의는 아직 없다.

미혼모 같은 봄밤
엄마만 남겨두고 아가는 어디 갔니?

꿈에서 깨어나듯이 생시에서도 깨어나야 한다. 깨어라!

나는 좌파가 싫다. 그러나 우파는 더 싫다.
나는 우파가 싫다. 그러나 좌파는 더 싫다.
어느 게 맞는 거야. 하여간,
그 오합지졸들의 무등을 타고 있는 자들은
나의 총구가 유일하게, 여일하게 겨누고 있는 표적이다.

당신이 사용하고 있는 언어는 의미가 아니라 의미가 떠난 자리다.

오빠 믿고 불 꺼!
세상은 그럼에도 불구하고 대개 이 근처에서 타협되는
의붓형제들의 상징계다.

강원도 어디를 지나다가 슈퍼유리창에서
덜컥 맞딱뜨린 뜨거움.
생닭 팝니다.

시(詩)는 신(神)으로 들리기도 한다.
이게 시와 신이 서로에게 들키고 싶은 진실의 순간일까?
둘 다 가설이라는

시는 기필코 시인을 닮고 싶어한다.

모든 등은 외로움이다
새벽까지도 꺼지지 않고 거리를 수위하는 가로등
그나마도 꺼져 있는 등
돌아서서 떠나가는 사람의 등
등을 보이기 싫어서 자꾸 다가오는 사람
기타 등등

설명하지 말 것
설명의 한계 때문에 시가 태어난다.

2013년 말에 발매된 시집 『헌정』의 자서는 이렇다.

창립 육십 주년
비바람 불던 모든 밤에게 바친다.

정작 이렇게 인쇄되지는 못했다.
고쳐 쓴다는 것을 깜빡했던 것이다.
자서를 쓰고 싶어서 시집을 낼 때도 있다.

요즘 시는 읽어도 무슨 말인지 모르겠다. 그래서 좋다.
마침내 시같다.
이해하고 싶지 않은 대상을 생각할 때마다 '요즘'이라는 말을
접두한다.

부사어 '하필', '마침내'는 없는 것이 좋다.

'아득한 당신'이 당신의 시집이냐고 누가 물어왔다.
본인의 시집을 어떻게 다 기억하느냐고 말하긴 했지만
늦은 세월에 그렇게 질문한 당신은 정녕 아득하다.

제목만 보고도 계몽이 되는 경우가 있다.
도스토예프스키의 『이중인격』 같은 것.

내 아버지의 어록 하나.
내 둘도 없는 친구는 전부 세 명이다.

내 어머니의 어록 하나.
(국악프로그램의 한복 입은 여자들을 보다가 맥놓고 흘린 말)
맨 무당년들뿐이구만.

시적 아름다움이라고 불리는 무엇인가가 있다. 그것은 오로지 시에서만 표현될 수 있으며, 시가 감동적인 작품이 되기 위해서는 반드시 시 속에 그것이 나타나야 한다. 그것이 아주 잘 표현되었을 때, 독자들은 시를 보면서 깊은 감동을 경험한다. 나는 이 아름다움이 사람들을 시로 끌어당기며, 또한 이 아름다움을 얻고자 하는 희망이 시인으로 하여금 시를 쓰게 한다고 믿는다. 다시 말해, 나는 시의 진수는 바로 이 시적인 아름다움에 있다고 믿는다.

(구로사와 아키라의 〈영화적인 아름다움〉이라는 짧은 글에서 '영화'를 '시'로 바꾸어 썼다.)

전에 자주 드나들던 '흥분연구소'(소장은 김영태 시인이었지, 아마)를 다시는 찾아가지 못하겠다.

한국문학에 대가가 없다는 사실이야말로 한국문학의 서글픈 가능성이다.

해골 복잡한 사람과는 한시바삐 친절하게 헤어질 것.

2004년 BBC 보도에 따르면 시인들의 평균수명은 62세.

참말이 정확하게 도착한 곳이 거짓말이었다니.

다케시마의 날, 광화문에는 어린 학생들과 관변단체들의
항의 집회가 있었다.
그 흔한 진보와 보수는 보이지 않았다.
한국의 진보는 허위이고, 보수는 자기기만이라는 말은
누가 했더라?

시인의 잡담

내 시에서 의미를 찾지 마시오.
내 시에 의미가 있다면 그것은 소화불량의 찌꺼기일 것.
시는 의미가 아닙니다.
이렇게 쓰고 싶을 때가 없으신지요?

시는 정신이 아니고 정신의 형식이지요. 많은 시인의 오해가
여기 있었던 게 아닐까요.
그러니까 죽어라고들 언어를 모아서 의미를 만드는 것이고,
그것도 새로운 의미의 창안에 고심하는 것이지요.
그것은 시인이 할 일은 아닐 것.
 그것은 케이팝 쪽에 맡기는 게 맞을 것.

그럼, 정신의 형식은 무엇입니까?
나도 모르지, 그건.

김소월의 시집 『진달내꼿』이 2014년도 상반기 우수도서에 선
정되었답니다.
나도 들어 알고 있다.
그런데 이상의 『오감도』는 탈락했답니다.
그건 나도 모르는 소식이다.
어떻게 생각하세요?
임자가 따로 없다는 뜻이다.

누가 보고 있다고 생각했는데 아무도 보는 이가 없다.
한국문학의 독무(獨舞)

어쩔 수 없이 누구나 갖게 될 세 권의 시집.
쓰여진 시집, 쓰지 않은 시집, 쓰고 버린 시집.

학승(學僧)과 선승(禪僧) 사이에 학원승(學院僧)도 있다.
한국문학의 착란은 문인을
바리스타처럼 수련할 수 있다고 믿는 것 -.-

매일밤마다 너무 심심해요.

술친구라도 할 수 있을까요?

원한다면 하룻밤 정도는 가능하구요. (윤소희)

그러시다면, 『여장남자 시코쿠』를 읽어보시지요.

신문 보는 사람이 먼대로 갓으니 신문넛치 마세요.

신문갑 바들생각하세요.

유종호의 『시란 무엇인가』의 책갈피에 끼어 있던 메모다.

어느 교회의 심령부흥성회 초대장(1998년) 뒷면에다

정성스럽게 또박또박 쓴 글씨다.

맞춤법을 벗어난 필체가 문체로 전환되는 진기함!

16년 동안 그 책 속에서 천천히 묵어서 시가 된 문장이다.

시는 가끔 이런 것이기도 하다.

가수 박진영이 한 오디션 프로의 심사위원석에서 말했다.
대충 불러라.
우리 업계도 참고할 대목이다.

'극약을 먹고'를 '그 약을 먹고'로 들어도
결과는 달라지지 않는다.
약의 허무주의!

허영심은 모든 시인의 여지없는 필명이다.

시집 150권 뿌렸어요. 답장은
답장은?
다섯 명한테 받았어요.
그 정도면 선방했다.

요즘도 시 많이 쓰니?
약 먹었어요?

들어가는 구멍을 못찾겠어요.
장사익이 재즈밴드와 협연을 하면서
어디서 노래를 시작해야 될지 몰라 엔지를 내고 한 말이다.

실천문학사에서 시집 제안을 받고 '그 자리에서'
계약금 3만원을 건네받았다는 시인 박정대의 기사를 읽으면서
그래도 실천문학사가 돈이 '좀'
돌아간다는 사실을 알았으니 ^.^

박정대 일화 하나 더.

언젠가 정선 시낭송회에서 시를 몇 줄 읽던 박정대 시인이

아주 쑥스럽고 계면쩍은 표정으로 낭송을 접었다.

나중에 알았는데 몇 안 되는 청중 속에

형이니 형수 같은 가족들이 끼어 있었던 눈치.

누군가 시를 '빤히' 응시하고 있는 순간이라니!

신경림의 시집 『사진관집 이층』을 읽었다.

시인의 생물학적 나이는 80이다.

그동안 조용히 의가사제대한 시인들이 많다는 것을

깨우쳐주는 시집이었음.

퇴근길 건널목에서 시의원 입후보자가
지나는 차를 향해 일일이 손을 흔든다.
안녕하세요? 힘드시지요. 열심히 할게요.
정치인들이 한 달에 한번씩 지역구 건널목에 나와서 초심으로
손만 흔들어주어도 나라가 살기 좋아질 것 같다.

시집 『헌정』의 해설을 쓴 명소은 씨는 누구예요?
검색해보세요.
인터넷에 뜨지 않던데요.
그럼, 그건 인터넷이 아니지요.

고향을 객지로 만드는 데 성공했다.
비결은 묻지 마시길.

이탈리아 사람에게 티켓을 발매하면 공연을 취소했다는 그는
이탈리아 출신의 피아니스트 아루투르 미켈란젤리.
조국이 그를 섭섭하게 해서 스위스로 이민했고,
죽을 때까지 이탈리아를 등졌다고 한다.
그의 문하에서 아르헤리치, 폴리니 같은
피아니스트가 나왔다는 게 믿어지기도 하고
믿어지지 않기도 하는 이유?

2013년 10월 27일 일요일
서울극장 6관 D열 11번 16:00
카드 결재 9,000원
알라딘 중고 씨디 두 장 18,000원
버스 요금, 지하철 요금
스타벅스 아메리카노 한 잔
왜 하루의 총계가 자꾸 틀릴까?

세상은 죽을 때를 놓친 인류들의 격전장이다.

우리는 오직 자신의 말만을 듣는다

(에른스트 블로흐).

내 말도 들리지 않는다니까요^^

'우리 선희'가 진화하면 '우리 아내'가 되고,
다시 '우리 할머니'가 된다.
주체가 발달하지 못한 대한민국에서는
'우리'가 좋다, 옳다.

글쓰는 시간이 부족해서 다른 직업을 가질 겨를이 없는 작가를
전업작가라 불러야지
직업이 없어 집안에 머물며 틈틈이 글을 쓰는 작가를
전업에 포함시킬 수는 없다.
시간에 쫓기느냐 돈에 쫓기느냐.

작가가 글을 쓰는 시간은 늘 새벽 세 시다(조이 윌리엄스).
내가 글을 쓰는 시간은 '어쩌다' 새벽 세 시가 될 때도 있다는 것.

내 책을 읽어주는 독자들에게 선물을 할 생각이다.
도서 교환권, 영화 할인권, 오일 교환권 등

작년 4월에는 무얼 했더라?
당신은 생각나시는가요?

향토시인은 들어봤는데, 향판(鄕判)은 처음 듣는다.
향토판사라는 말인 모양인데 대한민국은 여전히 민주화 중이다.
재야는 분발할 것.

2014년도 미당문학상은 한 샐러리맨에게 돌아가도 좋겠다.
바빠 죽겠는데, 왜 꽃들은 피고 난리라니.

2014년 4월 3일 목요일 조선일보 기사에서

가늘게 졸고 있는 사이, 밤벚꽃이 한창이다.
게, 아무도 없느냐.
(다시 한번 반복)

젊은 적도 없었지만, 늙은 적도 없다.
살지 않았느니, 나는.

소설가 이윤기는 '현대문짝'을 '현대문학'으로
읽었다고 한다.
메뉴판에서 먹거리를 막걸리로 읽는 경우도 있다.
신을 시로 고쳐 읽는 건 아마도 시적 치매일 것
누구에게나 그럴 수밖에 없는 어리꼬깔이 있다.

아내 의사가 죽었다잖아요.
그리하여 우리는 두 번째 죽음을 맞이하게 된다.
문제는 각자가 모르고 지나가는 첫 번째 죽음의 순간이다.
자신이 죽은 줄 모르고 살아있다는 것.
이거, 대박 아닌가.

나는 아무것도 바라지 않는다.
나는 아무것도 두려워하지 않는다.
운율 구조상 결구는
'나는 아무것도 아니므로' 쯤 되는 게 좋다, 내겐.

명예퇴직한 전직 바바리맨과 시를 토론하고 집에 와 보니 내 바바리가 없어졌네.

대한민국은 언제나 대한미국이다. 오키?

비틀즈를 좋아하지 않을 수 없듯이 좀 다른 관점에서 나는 피아니스트 손열음을 좋아한다. 그녀가 연주 도중에 두 손을 피아니시하게 허공으로 들어올리는 순간 '저러다 악보 잊어버리는 거 아니야' 할 때 짜릿하다. 나이 든 객원지휘자에게 키스할 때는 질투난다. 지휘자가 되었어야 한다는 걸 그때야 후회했다. 후회할 때 내가 또렷해진다.

방금 청춘역을 지났다는 그녀의 전화를 받고,
나는 노년역에서 기다리기로 했다.
우린 어떻게 만난단 말인가?

혹시와 역시 사이에서 시만 도려내는 인부를 시인이라 부르자.

'고품격 에로'라는 표현은 무언가를 속인다.

그런 점에서는 성공이다.

그러나 그 문장은 스스로 기만임을 알고 있다.

에로는 애를 쓰는 작업이다. 고품격까지 갈 여유가 없다.

인생에 대한 내 유일한 관점은 이겁니다. 인생이란 고통스럽고
악몽 같고 무의미한 경험의 연속이라는 것이죠. 행복해지는 유
일한 방법은 자신을 속이고 남들에게 거짓말을 하는 거예요. 저
만 그렇게 생각한 게 아니에요. 니체, 프로이트, 유진 오닐도 다
그렇게 말했어요. 우디 알렌의 말이다. 나도 그렇게 생각한다.
그러나 나는 그 양반처럼 죽음에 반대하지는 않는다.

'그들의 성생활'

철학자들의 다큐를 찍는다면 무얼 보고 싶으냐는 질문에 대한
데리다의 답변이다.

철학자는 너무 많은 말을 하는 바람에 정작 하고 싶은 말을
늘 놓치는 모양이다.

그때그때 읽어보고 해야 할 것들이 있다.

때를 놓치고 나면 다시—읽기가 머쓱해진다.

내게는 '애마부인'과 '그리스인 조르바'가 그렇다.

하여튼!

내 일이 아니라고 그렇게 말하지 마세요.

내일은 없다.

거추장스러운 자존심 때문에 또 시를 쓰게 된다.

대리운전!
생각할수록 복잡한 말이다.

렉서스는 일본 자동차 이름이다.
뜻이 궁금했는데 아무 뜻도 없단다.
의미없는 낱말의 조립이라고 들었다.
그런데 왜 거기에는 뭔가가 있다는
생각이 자꾸 드는지 모르겠다.

지금 당신 속으로
누군가 들어가고 있다

없는 구멍에 뭔가를 자꾸 집어넣으려는 몸짓, 그게 시다.

언어가 낳는 오해, 그게 시야. 내가 말했잖아.

언제요?

바보, 내가 말했는데.

깊이 파라고만 말씀했잖아요.

그랬나? 그럼 깊이 파면 시가 나올거다.

블루스는 형식이며 동시에 느낌이고 정신이다 (황덕호)
다시 한번 읽어본다.
블루스가 시였군.

웃고 있어도 눈물이 난다.
웃음과 눈물 혹은 행과 불행은 서로 멀리 있으면 불안하다.
둘은 내연(內緣)하는 기관이다.

시는,
욕망이 그런 것처럼 불가능성 앞에서만 꿈틀거린다.

그는 순수시 같은 인간이다.
만나도 그만이고 만나지 않아도 그만이다.
그러나,
가끔 그의 안부가 궁금하다.

종강한 지방대학 교정이 품고 있는 이 투박한 고요
내가 한 이십년 끼고 산 살결

시인의 전생은 사설우체국장이었을 것

저 사람 알아요? 유명한 시인이라는데
　　　　　　내가 모르니 유명하지 않은 거지
정치도 한다는데요
　　　　　　그럼 정치인이지, 안 그런가?

가끔, 나는 내가 살아있다고 생각한다.
이 쓸쓸한 오해

정색하지 않는 것만으로도 인생 반쯤은 성공한 것이다.

당신도 행복해질 수 있다(는 생각만 거둔다면).

지금 당신 속으로 누군가 들어가고 있다.

정확한 타건을 구사하는 피아니스트 루돌프 제르킨에게
누군가는 '좀 더 지저분하게 연주하라'고 충고했다.

아직도 시를 생각하면 가슴 뛰세요?
미쳤니, 넌 누구니?
선생님 첫시집 독자에요
들킨 것 같군

시인은 어떤 영혼을 표절하고 싶어 미친 존재들이다.

인생은 길어졌고, 예술은 짧아졌다.
인생과 예술의 술어를 '턱없이'라는 수식어가
'턱없이' 달래고 있다.

두근거림도 횟수제한이 있다고?

'이런 염병할 시부랄 빌어먹을······'
시월은 참으세요. 詩月이니까.
아니 그러우?

고깃배들의 내장 썩는 냄새
강릉 사천항에 가면 확인할 것
명퇴의 타이밍을 놓치고 덤덤하게 근무 중인 등대도 위로할 것

시의 불행은 문자에 의탁해서 존재한다는 것이다.
문자 없이 존재할 수 없다는 것이 아니라
문자로 인해 사라지지 못하고 남아 있다는 것.

라캉이 그랬듯이, 인간의 욕망이 가진 문제점은 그것이 언제나
'타자의 욕망'이라는 데 있다. 남자들이 그렇듯이, 그들의 욕망
이 가진 문제점은 그것이 언제나 '남의 여자에 대한 욕망'이라
는 데 있다.

나, 죽으면 올래요?
그럼요, 소복 한 벌만 사주세요.

나옹선사가 오래 머물렀다는 기록이 있는
절 영천사에서 삼십 분쯤 머물렀다.
진리가 집착이라면 시도 그렇다는 생각.

무언가가 부족하다고 느낄 때마다 그 공복 안에서 생을 느낀다.
외로울 때, 그리울 때, 쓸쓸할 때, 더 크게 살고 싶을 때
결핍의 자급자족은 나를 살게 한다.

남기지 않기 위해 쓴다는 말은 헛소리인가.

내 시는 대개 속옷 차림으로 쓰여졌다.

나름,
나름대로
나름의 뜻은 뭔가요?

최인호와 키스 자렛은 1945년생 갑장이다.
해방동이?
서로 해방시킨 영역이 다르군.

자다가 불 켜기 위해
손 뻗어 벽을 더듬을 때
더듬더듬,
손에 닿는 낯선 촉감들
비로소,
기어이 내 안에 도착하는 소식들
낯설어서 너무 서러웠을 것.

피아니스트 유자왕은 심장이 뛰는 대로 연주한다고 말했다.
저녁에 비빔국수가 먹고 싶군.

사설 감옥의 창립 주주를 모집합니다.
단, 5년 이상의 복역 경력자여야 하며, 장기수는 우대함.

음과 음 사이의 짧은 정적, 그 부분이 가장 아름다운 순간이다.

셀로니오스 멍크

작년에 한번 쓰고, 한번도 쓴 적이 없는 모자가 벽에 걸려 있다.
우연히, 오늘 나와 눈이 맞았다. 인사했다.
시는 내게 저런 인연이었던 것.
모자보다 모자가 걸린 벽이 먼저 보이는 아침이다.
내가 사랑한 것도 모자가 아니라 벽이었다.
그게 당신이었어.
벽에게도 인사.

『위대한 개츠비』에 대한 나의 착오.

첫째, 이 소설의 화자 닉의 직업을 소설가로
기억하고 있었다는 것. 그의 직업은 증권 거래인.

둘째, 1930년대 소설로 기억하고 있었는데 1920년대였던 것.

셋째, 여자 주인공 데이지가 닉의 4촌인 줄 알았는데
6촌이었던 것.

착오라기보다 오착이었던 것.

생각은 시이고,
행동은 산문이다

제작 기간이 짧은 분야일수록 타짜가 많다

무슨 말씀? 혹시, 나?

그래…… 볼펜 하나 들고…… 그쪽이 좀 그래.

그대 같은 시선 때문에……

영업에 지장 좀 있거든

그딴 게 시라면…… 나는 시를 모르는 거지.

거지같군.

책을 읽고 깊은 깨닳음을 얻었다.
고달픈 깨달음도 있다.
저 문장의 주체처럼!

당신이 좋아하는 시인은 아직
태어나지 않은 시인이겠지.

조용필의 노래 〈바운스〉를 들으면서,
그의 등 뒤에서 소거된 그의 시대를 느낀다.
자기의 시대를 상실한다는 것은 곧
예술적 고아가 된다는 뜻이다.
리듬 섹션이 사라진 재즈처럼,
혼자 가는 길.

선생님 시 다 읽었걸랑요.

근데?

선생님 시에는 시가 없어요.

뭐이? 그게 어디 갔다는 말이야.

선생님은 시를 오해하고 계신 것 같아요, 불행스럽게도.

웬, 개드립이냐!

쉽게 쓰는 게 어렵지, 어렵게 쓰는 것은 쉽다.

각자(各者), 각자(覺者)

누군가에게 독서를 권할 때마다……

떠오르는 나의 에피소드……

술 처먹고…… 밤늦게 들어갈 때…… 아파트 경비원이 잠 깰까
봐……

뒤꿈치 들고 살금거리며 지나가는 내 걸음……

그렇다…… 대저……

책을 권하는 것이 그러하다.

말을 할 때마다 꼭 그만큼의 면적이 달아난다.

내 탓은 아닌 것 같다.

가끔 내 입에서 튀어나가는 낱말.

아뿔사!

무슨 절 이름?

주지는 걱정스님이겠군.

피아노 소리가 울리자 방안에 있던 물상들이 다 시의 옷을 입는다. 음악이 사라지자 다시 맨얼굴로 돌아오는 물상들. 저 순간을 시라고 말하고 싶다. 나머지는 '없는' 신의 영역이다.

인생은 짧고 추악하고 고단하고 가난하다. 에, 또
근데, 이거 누가 한 말이야
분명히, 다른 말도 더 있을 텐데.

시는 이해의 형식은 아니다. 거기 그렇게 있는 것.
누군가 나의 시에 공감할 때마다 내 시가 실패한 지점을 만난다.

피아노, 드럼, 베이스의 트리오 편성에
클래식 기타가 참가한 재즈가 나온다.
미쳤군! 아침부터.
오늘의 전투대형은 재즈로부터 가다듬어지는군.
수정방 한 잔 한 듯.

지인은 누구인가요?

가라타니 고진, 『근대문학의 종언』이 가리키는 방향.
갈아탈 수 있을 때 얼른 갈아타라.
때를 놓치면 문학의 덫에 걸릴 수도 있다.

오월이 가고 유월이 왔다.
유월의 본명은 육월.
제 몸의 일부인 ㄱ마저 급히 잘라내고
미끈거리며 빠른 걸음으로 달아나겠지.
아무튼, 다짜고짜 살아볼 일이다.

장미 피다, 찔레도 피다. 담장에 죽 늘어선 동시다발.
살아있는 순간의 황홀…간.
장미를 두고,
'이 하오의 빈 컵'이라고 썼던 시인의 시구가 떠오른다.
덥지요? 덥다. 어쨌거나, 잘 지내라.

언어에 매달린 희미한 느낌!
시는 의미할 때마다 실패하지만 의미 없이는 실패할 수도 없다.
오, 시의 더러운 운명!

언어 밖으로 달아나려는 시인과 언어 속으로 달아나려는 시인
의미는 이미 시의 관할이 아니라는 단계 속에서,
시는 언제나—이미 철학으로 이관된다.

장미 피고, 찔레 피면서 제방선원에서 하안거가 시작되었다.
누구나 다 제 안에 각자의 기원정사를 가지고 있다. 삼 배.

신물 나지 않으세요?
뭐가요?

유생 부처는 중생의 원을 들어주신다는데 그것이 정말입니까?

조주 그럼, 중생의 원을 들어주시지.

유생 저는 노스님이 갖고 계시는 주장자를 갖고 싶습니다.

　　제게 주시겠습니까?

조주 군자는 남이 가진 물건을 탐내는 것이 아니라네.

유생 저는 군자가 아닙니다.

조주 나도 부처가 아니라네.

군자도 부처도 아닌 시간에 시를 쓴다.

그만 하세요, 좀
그만 사세요, 쫌

올 것이 왔다
예순 하나
정시에 도착한 지점이다
근데, 여기는 어디지?

다 살았다고 생각하니 후련하다.
죽어도 좋겠고 살아도 좋겠으니
무엇이 있을 것처럼 살았던 날들이여.

모름지기, 해피 앤딩은 생략된 결말에 대한 완곡 어법.

세종문화회관 대극장 3층 H열 88번
2013년 5월 19일(일) 오후 7시
키스 자렛 트리오 30주년 기념 공연
30까지 셀 수 있다는 것을 기념하자

한강에 투신하려다가 지나가던 학생들에게 발각되어 구조되는
한국적 구조주의!

이제 세상은 심각할 정도로 시심(詩心)을 상실해 버렸다.

위대한 가치를 열망하는 것도 마치

과거에나 있었던 일처럼 비춰진다.

친숙한 것은 모두 모방이며,

눈에 보이는 것도 그저 마케팅의 결과일 뿐이다.

돈과 명성만이 동기를 부여하는 세상에서

고결함을 말하는 게 무슨 의미가 있을까.

(그럼에도) 도대체 음악을 왜 연주(해야)하는 걸까.

과연 변화를 이끌어낼 수 있을 것인가.

2003년에 발표한 키스 자렛 트리오의 앨범 〈Up for it〉의 라이너 노트에서.

2 지금 당신 속으로 누군가 들어가고 있다

세상의 모든 음악은 저마다의 침묵에 이르는 과정이다.

한국성공학회의 발표내용을 실시간으로 옮겨놓는다.
한국사회를 개관할 때 성공의 개념은
끊임없이 업데이트 되어야 한다는 것이 요지.
다음과 같은 부류도 성공자의 개념으로 흡수되어야 하리라.
이혼자, 실종자, 살인자, 파산자, 검색되지 않는 자, 미치광이,
슬며시 세상 빠져나간 자, 무저자.

누구에게나 되물어야 할 삶의 지점은 있다.

부처님 오신 전날이군.

종교는 에, 또,

거기 그렇게 살고 싶은 인간의 욕망이 개발한 택지 같은 거겠지.

그래도, 대자대비하신 이여,

오늘 하루는 자비심도 놓고 쉬시기를.

폐경기 남자처럼 단독으로 서 있는 망루(望樓)

더는 바라볼 게 없는 그대의 인문학

여기에 그대의 서푼어치 외로움을 인용한다.

강원도 춘천시 약사동 어디더라,

이렇게 되겠지.

하여튼 어쨌거나.

술,

담배,

커피,

섹스,

망상,

詩는

자기 파괴에 이르는 완전식품

노래방 주인이 영업 끝내고 마이크 잡고 독창하듯이
호프집 주인이 문 닫고 소줏잔 기울이듯이
아무튼 어쨌거나 시는 이처럼 아무도 없는 순간에만
당신의 고요한 지점을 두드린다. 5번 교향곡처럼?

똑, 똑, 똑
(아무도 없습니다)

행크 모블리, Soul Station
이 불완전연소의 지점에서 불가피스럽게 나는 나의 좌파가 된다.
알고 보면, 나도 망명객이지만.

밤늦도록 통음한 그 분은 그 분을 닮았을 뿐 그 분은 아니었다.
그 분을 만나면 꼭 그 분을 죽여드려야겠다.

시를 해석하는 작업은 한 잔의 커피에서 커피와 물을 분리하는
수고와 다르지 않다.

신은 디테일 속에 있다.
신을 무의식으로 고쳐 읽으면서 걸려온 전화를 씹는다.
전화 좀 걸지 마라.

자존심도 한강 수계처럼 관리되어야 할 것.
대개의 시인이 재능이 아니라 자존심에서 패배한다.
시인의 자존심은 언어에 속지 않는 것.
이것이 시인의 유일무이한 조건.

온더록스
얼음이 녹는 동안
당신은 변한다.

누군가,
무라카미 하루키의 소설은 읽고 나면
이거다 하는 게 없다는 말을 했다.
그 말이 맞는 것 같다.
그 점이 좋지 아니한가.

노스님이 자신이 들어갈 관을 손수 짜고 있다.

춘천시 죽림동 성당 상설 고해소
5일마다 열리지 않아서 다행이라고나 할!

3

찔레꽃
재해석 하는 밤

이 모건

첨 듣는 이름이고요

트럼펫 연주자

애인에게 총맞아 죽었다는 사람!

선생님 시에도 나오잖아요. 근데 어떡했길래

그러니 시를 못 쓰지, 너는

리 모건을 왜 자꾸 이 모건이라 부르세요

리 모건은 북한식 표기 같아서, 우리 식으로 고쳐 부를 뿐이다

억지도 말이 되는군요

말은 억지다

가운뎃줄 앞자리에서 우연히 세상을 관람할 때가 있다.
공짜로,

지인이 살인청부업에 뛰어든 것은 돈 때문이었는데
이제는 하청까지 거느리고 성업 중이다.
이렇게 수요가 많을 줄 몰랐어요. 이 업종에서 손을 떼지 못하
는 이유를 설명하면서 지인이 털어놓은 말이다. 나도 잠재적
의뢰인이었던가. 소설을 쓰게 된다면 오프닝으로 선택하고
싶은 문장들이다.

잊을 것도 없고 못 잊을 것도 없다
산벚나무 속꽃 활짝 핀 5월

시에 도달하지 못했거나 시를 앞질러간 결핍과
과잉의 이중주 같은 것
시가 아니지만 아닌 것도 아닌 그 언어적 국면을
한 줄의 폐허라 이름짓는다.

언어는 의미의 근처를 배회할 뿐이다.

행복하실 거죠?

한번만 살려주십시오.

봄밤인데 집에 가서 뭐하냐고 묻길래
적막강산 개관이라고 대답했다.

시, 천천히 아껴가면서 쓰세요
왜냐고 묻고 싶지는 않다만
저도 그렇지만 다 쓴 뒤의 허전을 어떻게 견디실건데요
시 다 쓴 후에는, 쓴 시 지우는 작업을 하게 되겠지
있어 보이는군요
허전실습이 되겠지
봄이 점점, 쩜쩜 깊어가는군요

〈로마 위드 러브〉를 찍은 78세의 우디 알렌은
영국 일간지 〈더 텔레그래프〉와의 인터뷰에서
"어린 시절부터 외국 감독이 되고 싶었다"는 너스레를 떨었다.
외국살이에 지친 나같은 사람만 공감.

오월 초하루 올림이라고 썼다.
그대 그리고 그 너머 연두에게.

영혼의 동지들이여 단결하라. 어떻게? 하여튼! (박정대)
잊지 말고(는 내 말).

앞에 가는 버스가 처용관광이어서 웃었다.

동경 밝은 달밤에 밤드리 노닐다가
들어가 자리 보니 가라리 네히러라
둘은 내해요 둘은 뉘해언고
본디 내해다마는 앗아날 어찌할꼬

처용문지마관광이 맞겠지.

한양대학교 교수로 재직했던 시인 이승훈 선생의 전화 멘트 한 컷.
나, 한대 이(李)야.
그 우울증적 구어체의 리듬이 그를 용납하게 만든다.

각하, 목련등(木蓮燈)을 켤까요?

내 유일한 비밀은 내가 멀쩡하게 살아있다는 것.

빗소리, 엘피판 잡음, 삼겹살 굽는 소리, 마음 긁히는 소리는
하나의 음원이다.
1분 듣기를 통해 확인하고 다운로드도 가능.

비가 오는 날이다.

그러나 이렇게 문장이 완성되고 나면 갑갑하다.

생각이 갇힌다는 생각!

그래서, 열린 문장이 편하다. 비는 종일 내리고

술 한 잔 하실래요?

술 마시고 싶으세요?

얄미운 딴청 혹은 소통의 비대칭성

전국감자적본부진부지사는 진부시외버스터미널 건너편에 있다.

본부는 도산했고, 지사만 성업 중이다.

생각이 아상(我相)이다. 닥치고!

외로움은 그의 평생 직장이다.

빨리 싸세요, 주인 왔어요.

토지공원 옆 담벼락에 세워둔 차를 가지러 갔더니,
담에 붙어서 볼일을 보는 취객에게 그의 친구가 채근한 말이다.
우정은 좋은 것입니다.

1위 없는 2위처럼 괘씸한 것이 있을까? 그런 삶도 있답니다.

나의 시는 오로지 나의 유적이자 폐허다.

한 잔
계사년 봄밤
떨어지는 꽃잎을 두 손으로 아득하게 받치며
사유의 시간을 제한 우수리가 나의 삶이었어
웬, 외상값이 이리 많았더냐.

찔레꽃 재해석 하는 밤

오점투성이의 삶을 볼 때마다
그가 잘 살았다는 생각이 드는 이유가 뭘까?

시를 쓰는 것보다 시를 그리워하는 시간이 필요하다.

시인이 기피해야 할 자질은 골똘함이다.

자다가 깨어보니 꽃들 활짝 피었다.
저세상에서 이세상으로 놀러온 듯 하다.

I'm not There

밥 딜런의 전기 영화다.
6명의 배우들이 노래하는 밥 딜런의 일상
모든 이였으나 아무도 아니었던 단 한 사람
나는 당신이 알고 있는 그 누구도 아니다
나는 풍문이었소이다.

3 찔레꽃 재해석 하는 밤

있으니 있고 없으니 없다
저기, 문득거리는 삶

최소한의 시, 시의 최소한

또, 시집을 낸다.
'또'를 타자하고 웃었다.
나를 위해 웃는 유일한 웃음.

메조소프라노 소리에 혼자 지던 꽃잎이 허공을 붙들고 멈추었다.

술 잘 마시는 사람이 있고 술 못 마시는 사람이 있다.
시 잘 쓰는 사람이 있고 시 못 쓰는 사람이 있다.
이유가 없다.

시가 뚫고 나가야 하는 벽은 현실이다. 김수영이 대결했던 그 현실 말이다. 그것이라고 나는 동의한다. 거기다 나는 현실에 빙의된 환상을 보탠다. 현실이라고 가장된 환상을 뚫고 나가야 한다고 믿는다. 다르게 말하면, 그 말이 그 말이 되겠지만, 나의 응시는 현실이 아니라 환상이다. 또 달리 말하면 현실이 환상이고 환상이 현실인 매트릭스다. 그래서 너무 현실적인 시는 헛소리가 될 개연성이 높다. 마지막으로 말하자면, 나는 이 삶들이 홀라당 꿈이라는 것을 지지한다. 꿈 속에서 꿈 꾸고, 또 꾸고, 꾸는 꿈들. 우리는 맨날 꿈 속으로 들어가면서도 꿈 꾼다. 꿈이여 다시 한번! 삶이 꿈이듯이 그러므로 시도 꿈일 것.

3 찔레꽃 재해석 하는 밤

벚꽃 피면 낮술 하자던 제안이 지금도 유용한지 질문하렸더니,
전화번호가 바뀌었군요.

어디에 있든 잘 살도록!
그러나 어떻게 사는 게 잘 사는 건지 내게 묻지는 말 것.

난분분은 벚꽃만이 전시할 수 있는 형용사다.

청명에 죽으나 한식에 죽으나
(그게 그거라고 쓰고 나면 이 문장은 영원한 비문이 될 거다)

아침에 리차드 용재 오닐이 긁어대는 〈섬집아기〉를 들었다.
내 탓은 아니지만 온몸이 스르르 감겨 왔다.
내 속뜰에서 울고 있는 아기가 있었구나.
이리 오렴.

(북한) 미사일 발사 준비 완료
하나, 둘, 셋,
잠깐, 커피 마시고 다시

임신한 적 없는 여자의 모성이 빛나는 아침이다
목련무침 한 접시

보고 싶은 사람

누구?

김소월

또

이상

또

김종삼

또

없어, 낼 그분들 만나러 가는데, 갈려? 꼬리글 달고 회비 입금

해, 선착순!

어딘데

신사동 알지, 가로수 그늘 밑

알어, 재개발한 레바논 골짜기

시를 해설하다니!

(해설을 읽는 독자도 있다)

유일하게, 존경하는 당신, 당신은 어찌하여 검색되지 않는가.

〈회고 금지법〉(가칭) 같은 것을 입법할 필요가 있다.

그렇게 되면 신경증 환자가 대폭 줄어들 것이고,

느닷없이 끌려다니며 회고당하는 일도 사라질 것이다.

라캉은 그렇게 말하지 않았지만,

모든 회고는 편집증석 넋두리라는 짐에서.

국수주의는 성인병의 원인이다.

대중없는 것들이 대중이다.
거기다 책을 팔아먹다니, ㅉ

헤어지고 나면 다시는 헤어질 수 없다.

사랑은 우연의 합계 혹은 환승역 같은 것.

수사학이 가려버리는 것과 언어가 감추는 것은
늘 같은 지점이다.

봄밤, 이 국적불명의 통사론적 미열!

오래 사는 게 중요한 게 아니라 건강하게 사는 게 중요하다.
교묘한 자기 속임수의 판본.

힐링이라는 말이 지겨워서 힐링이 되지 않는 사람도 있다.

4호선 전철이 창동역을 지나갔다
안 지나가도 상관없는 봄날이다

'저지르다'라는 말을 국어사전에서 꺼내어
유리병에 보관해야 한다.
너무 위험하거나 위독하지 않은가.

김수영은 한국문인협회 소속이고,
이상은 민족문학작가회의 소속이었을 것 같다.
살아 있다면. 그게 균형감각이다.

가끔, 나의 인명록은 텅 빈다. 잊어 무엇하리.

프랑스의 추리소설가 도미니크 실뱅은 랭보의 시를 읽으면
밤새 아프리카처럼 뒤척이게 된다고 말했다.
랭보가 좋아했다는 모카 하라를 원 셧하고
캄캄하게 뒤척인다.

사람들에게 시는 아무래도 먹히지 않는다.
혼자 먹는 저녁밥.

산수유와 목련 사이에 걸쳐 있는 밤이 뒤척인다.

고마워요, 내가 그대를 아끼는 것은 그대가 말할 수 없이
낯설기 때문입니다

매혹적인 시가 존재하지 않는 것은 매혹에 대한
합의가 없었기 때문이라는 나의 주장에 한 표.

와도 그만 가도 그만/ 방랑의 길은 먼데
충청도 아줌마가 한사코 길을 막네.
흘러간 가요의 한 소절이다.

시인 공초 오상순에게서 사용되고
폐기된 방랑이라는 시어가 저 노래 위에서 방랑하고 있군.
방랑하기에는 조선천지가 너무 협소하다는 것인가.
그러고 보니 우리에겐 방랑자가 없었군.

책갈피에서 튀어나온 1993년도 메모는 두 개의 단어다.
절제와 침묵.
20년이 지나도 안 되는 건 안 되는 거다.

3 찔레꽃 재해석 하는 밤

어떤 노처녀가 결혼을 포기하는 이유.
'이제껏 지켜온 정조가 아까워서'였다는 것.
정부는 이런 인물에게 훈장을 주어야 할 것이다.
지킬 것이라고는 눈꼽만큼도 없는 이따위 나라.

시인의 잡담

4

나에게는 왜
너가 있어야 하는가

봄날 아침
누운 채로 내다 본 거리가 바다 같았다.

시도 좀 읽으시나요?
읽는다기보다
괜찮아요, 솔직하게 말해도

봄물소리 따라갔다가 낯선 절에서 삼배하고 돌아왔다.

미소를 띄우며 나를 보낸 그 모습처럼
자기 노래를 재즈버전으로 바꿔 부른 이은하
가만히 들여온 쿠바커피 한 잔 사주고 싶다.

시만 쓰는 시인의 시는 시적 충실을 담보할 것이다. 그런데
그런 시인의 시가 읽을 게 없는 것은
무엇을 담보하지 못했다는 뜻인가.

시집을 읽고 울었다는 독자가 있다.
시인들이 할 짓은 아니다.

자판 두드리다 엔터키 칠 때 혹시 외롭지 않으세요?
아래 번호로 연락주세요.

젊다는 형용사지만 늙다는 동사다.
죽다는 동사이고
죽은 뒤에는 형용사로 몸을 바꾼다.
믿을 수도 안 믿을 수도 없는 형용모순의 극점.

좋은 시집은 한번 읽고 버리는 것이고,
더 좋은 시집은 읽다가 그만두는 책이다.

나에게는 왜 너가 있어야 하는가.

그는 비정규직 몽상가다
'장미십자회'에 가입한 에릭 사티 같은

비유는 언어의 꿈이겠지.
도달할 수 없다는 전제 속에서만 꿈꾸는.

한국의 근대는 정신을 거세하는 과정이었다.
신념, 영혼, 도덕성을 현실과 교환했던 가난하고 지루했던 역사
한국정치는 그것을 대표적으로 전시한다.
다른 분야는 거기에 묻어간다. 예컨대, 문학 같은 것.

어떤 인명록에 헨리 브라운(Henry Brown)은
'알려진 것이 거의 없는 피아니스트'라고 기록되었다.
알려진 것이 거의 없다는 것이 알려지는 순간이다.
브라보!

시인의 잡담

한국시는 「오감도」를 빼고는 읽을 게 없다고 그녀는 투덜댄다.
사람들은, 그녀가 어떤 시도 읽지 않는다는 것을 잘 알면서도
그녀의 주장에 맥없이 공감한다. 세상에 알다가도 모를 일은
그녀의 불규칙적인 생리 주기 말고도 또 있단 말인가.

자정 전에는 전화 걸 곳이 없었는데
자정이 지나면 통화할 곳이 떠오른다.
그곳이 0시로 들어가는 입구.

전화가 한 통도 오지 않는 날,
그 정적을 깨는 인간이 바로 당신이 아니기를!

나의 유일한 명함
전국무소식협의회 약칭 전무협 사무총장

너무 엄격한 잣대
한국이 가져 보지 못한 거의 유일한 이 척도

삶이라는 메트릭스,
있을 때 있고, 없을 때 없자.

내가 휘저어 놓은 봄밤에
대처승이 속옷을 빨고 있구나

지금, 확인사살하는 거예요?
네.

어느새 여기저기 산수유가 활짝 피었다.
북한 소행이 아닌지 자세히 살펴 보았다.

말의 욕망은 침묵이다.

청춘이다, 4월이다, 각혈이다.
스물세살이요—3월이요—각혈이다가 원전이었던 것.
강릉 김씨 이상(李箱)의 소설 「봉별기」에서 꺼낸 문장이다.

3월을 삼월이라고 썼더니,
그 삼월이 평장(平葬)한 세월의 무덤같네.

국형사 대웅전 석가모니부처
조금 뒤숭숭해 보이는 얼굴
나는 당신 편에 남고 싶다.

홍난파의 〈봄처녀〉의 가사 한 줄.
미안코 어리석은 양 나가 물어 볼까나
말과 선율이 서로를 너무 꼭 붙들고 있는 가곡이다.
그래서 이 노래 듣는 봄철마다 어딘가 조금은 아리다.
팽재유, 백남옥, 엄정행 등등
누구의 목소리여도 잔에 묻은 커피향처럼 뭔가 남아 돈다.

김영태 시집, 『바람이 센 날의 印象』, 현대시학사, 1970.

600부 한정판, 정가 500원.

수록 시는 전부 37편, 총 페이지는 48면.

표지는 시인의 피아노 소묘. 자작의 얼굴 컷.

시인의 말과 해설은 없다.

43년 전에 나온 시집인데 뭔가 뭉클하다.

손을 씻고 첫 페이지를 넘기기로 한다.

시인의 잡담

경칩, 라디오에서 지리산 개구리 소리 들었음.
땅거죽이 간지러울 거다.

시옥이 상징계라면, 천국은 상상계다.
지옥은 엇비슷하지만 천국은 각자의 계산 안에 있다.

홍상수, 누구의 딸도 아닌 해원
파울 첼란, 그 누구의 것도 아닌 장미
주정뱅이, 내가 니 거냐?

삶의 무늬 **평범한 여자의 복잡한 표정**

무죄라는 말처럼 유죄를 분명하게 덮어씌우는 낱말이 또 있을까?
젊어 보인다는 말이 젊지 않다는 사실을 반사하듯이.

1970년대 강릉의 겉멋들을 사로잡은 두 가지 문화.
하나는 고전음악감상실 '넘버나인'이고, 또하나는 닭갈비와 막
걸리를 팔던 '안경아줌마집'이다. 두 가지 다 강릉에는 없
던 모더니즘. 닭갈비마저 외래 음식이었는데, 그때까지 강릉
닭들은 계륵이 없었기 때문인 듯. 하여튼, 낮에는 나인에 죽치
던 건달 나부랭이들이 저녁에는 안경으로 이동하던 시절. 그땐
그랬다고밖에 쓸 수 없는 시절들이다.

뉴욕의 50번가는 재즈의 거리이고,
강릉의 205번지는 술집거리였다.
아줌마, 막걸리 반 되만 더 주세요.

나의 사춘기를 키운 빵집은 강릉의 향미루와 진미당.
팥빵이 좋았던 집은 우미당이었고,
고3 때 그집에서 시화전을 열었던 역사도 있다.
검색하면 나올려나.

김광섭의 시 한 구절, '어디서 무엇이 되어 다시 만나랴'는
김환기에게 가서는 무수한 점으로 구성되는 회화가 되었고,
최인훈에게 가서는 한 편의 희곡이 되었지만
내게 와서는 미리 그려보는 윤회도(輪廻圖)가 된다.

다짜고짜 개강이군.
감언이설만이 살길이다.

나의 실시간 검색어 1위는 그대라는 불가피한 환청

김선생, 개강 전에는 나도 비장해져.
아마도 밥 앞에 선 자의 쑥쓰러움이겠지.
이걸 '먹어? 말어?'의 망설임.
끝내는 말아먹으면서 한철을 살게 되겠지.
삼월절을 맞이하면서 탄알없는 권총을 찬
경찰처럼 주마간산하기를!

4 나에게는 왜 너가 있어야 하는가

『마담 보바리』의 주인공 엠마는 책을 많이 읽어서
삶이 헝클어졌다고들 말한다.
책 속의 현실과 책 밖의 현실을 혼동하게 되는 것.
이른바 보바리즘의 기원이다.
내가 지금 원주거리를 왔다갔다 할 사람이 아닌데. 그럼, 그럼.
소말리아에서 해적노릇을 해야 할 사람인데.
보바리즘은 독서에서 기원하는 것이 아니라,
현실의 이면을 설정하는 과정에서 만들어지는 인간의 작위다.
그걸 우리는 꿈이라 부르지 않던가.
무엇보다 나는 운명이 헝클어졌다는 말에 동의하지 않는다.
헝클어지는 것, 헝클어진 채로가 삶의 정식(定式)이기 때문이다.

학위논문과 첫사랑은 교묘하게
서로를 참조하면서 닮았다.

젊은날의 작업이라는 것.

순정을 바친다는 것.

뭘 모르고 허둥댄다는 것.

소득이 적다는 것.

누군가의 응시 아래 있다는 것.

건너뛰고 싶지만 절대 그럴 수 없는 '첫'단계.

다시 보고 싶지 않으면서도 아련한 애증으로 남는다는 것.

시란 무엇인가?

그렇게 질문하면 다들 물건을 찾듯이 이곳저곳을 뒤지는 척 한다.

그러나 '도대체' 시란 무엇인가로 고쳐 물으면 다들 도망가고 없다.

눈부시지 않는가, 생각이 사라진 텅 빈 여백.

도대체, 그게 시가 아니라면 무엇이 시겠는가.

'차가 너무 막힌다'는 문자를
'제가 너무 막힌다'로 읽었다.

작년 수첩에 '내가 온 날이로군'이라 메모되어 있다.
내 생일이었던 것.
그날, 나라는 물건이 경포대에 있었다는 후문이 맞다면,
나는 파도 위를 걸었을 것.

진실은 표면에 있다.
내 작업은 그 표면의 기록

(경향신문, 1996. 5.18. 홍상수 인터뷰).

영화가 아니라, 시가 참조해야 할 말.

홍상수 영화는 그게 그거 같다.
내가 그의 영화를 사랑하고 예찬하는 지점도 거기다.

삽베 상카라 아닛짜(sabbe sankhārā aniccā)!

삶이, 뭐가 뭔지 모르는데 꼭 육십년이 걸렸다.

금년 봄은 황동규 선생의 『사는 기쁨』, 홍상수의 〈누구의 딸
도 아닌 해원〉, 키스자렛 피아노 트리오의 내한공연 소식으로
걸음을 뗀다. 황, 홍, 키스 모두 '여전한' 모습이겠지만, 여전하
지 않을 그것이 여전히 궁금하다. 그게 그거라지만, 그게 그
거는 아니니까.

껌맛을 감별하기 위해 어떤 사원은 출근해서 퇴근할 때까지 껌
을 깨문다고 들었다. 모든 직업적 비평의 우울이다. 어쩌다 껌
을 씹을 때마다 누군가 입에 넣었던 껌을 우물거린다는 이
단순무식한 우울증.

자라면서(자라고 나서도!)
한번도 라지 사이즈를 입어보지 못했다.
그래서 어떻다는 말은 아니구요.

봄날 같아요.

지금 봄이다.

취한 거 같아요.

취했어.

죽고 싶어요.

지금 죽어가고 있는데, 무슨 걱정.

(산 속에서 산이 보인다는 것은
구문론적 거짓말이다)

제가요, 충무로에 오층짜리 건물이 하나 있어요. 그런데도,
유흥비를 마련하기 위해 원주에 와서 주유원 노릇을 하거든요.
제가 홀아비고 다른 남자들처럼 (다른 남자 누구?)
여자를 좋아해요.
구멍값이 감당이 안 되더라구요(구멍 났으니까 그렇지).
천주교 다니고부터는 그짓 안 해요.
(아무도 물어보지 않았어요. 구멍마개 아저씨!)

나의 시는 내 생각이 지나갔던 한 순간의 스냅.
커피 마시고 헤어지는 누군가의 뒷모습 같았으면 했는데,
어떤 때는 나를 향해 다가오는 정면이 되기도 한다.
키피잔 내려놓을 때 잔받침에 부딪치는
그만한 소리였으면 좋겠다.

책주인의 절망은 독자의 침묵이 아니라,
'잘 읽었습니다'로 요약 처리되는 비평이다.
'미안해, 바빠서 거들떠보지도 못했어'의 다른 말은
아니겠지만.

화장실 갔다가 버스로 돌아와 자리보니
내 자리에 누가 앉았길래 '여기 내 자리'라고 했더니,
'아무데나 앉으세요, 자리도 널널한데'라는 대답이 돌아왔다.
빈 자리가 많긴 했지만, 어쨌든 내 자리를 뺏기고,
아무데나 적당한 데를 골라 앉았더니,
뒤따라오던 사람이 내 앞에 와서 자기 자리라고 질러 말했다.

꿈이지만 야박하군.

'헤어진 지 2년 정도 된 감정'으로 노래할 것.

이별의 노래를 비장하게 불러대는 가수지망생에게
'부활'의 리더 김태원이
조언하는 말이다. 지금 헤어지고 있는 중인 이별은
어떤 감정으로 불러야 하나.
락 버전으로 편곡하면 어울리겠다. 이별과의 거리가 멀어질수록
흐릿한 발라드가 되지 않던가. 아쉽지만 되돌아가기 싫어!
발라드가 개인적 민속음악으로 자리잡는 과정도 이러할 것이다.

아내들은 현실을 양육하고, 애인들은 그것을 덮어 가린다.
마치, 현실이 있었던 것처럼.

그거면 둘이서 떡을 쳐요, 떡을!
(많이들 치세요)

생활고(高)를 이기지 못한 대중들이 명품에 의탁한다.

갑자기 누구한테 빌려준 책이 생각났는데,
하도 오래 되어서, 그에게도 나에게도 필요가 없게 되었다.
둘 사이에서 증발한 책이 되었다.
행복한 채.

모차르트는 클라리넷을 싫어했다는데,
멋있는 클라리넷 협주곡을 만든 것은 어떻게 설명할까.
거역, 순수한 모순이다.
세상을 다 설명하려는 욕망만큼 무서운 게 있을라나?

시인의 잡담

내 아들은 병역을 필했고, 나는 위장전입한 사실이 없다.
그런데 대통령직 인수위에서는 연락이 없다.
그럼, 혹시 그 일 때문에?

평일날 오후, 라디오에서 흘러나와 나에게 고인 청취자 엽서.
오늘 양평에 들기름 짜러 갑니다.
저런 문장의 어디가, 나의 어디를 건드는 건지
마음이 잠시잠깐 자욱하다.

대한민국이 도달한 지점은 민주주의가 아니라 민주주위다.

술먹은 날은 어딘가 전화해서 잘못을 빌고 싶은데,
전화할 곳이 없어서 나는 용서받지 못하고 있다.

속았다는 말이 강릉에서는 수고했다는 뜻으로도 쓰인다.
일생을 수고했다면 그대는 일생 동안 속았다는 뜻이 될 것이다.
괜찮은 직관력이 아닌가. 강릉양반들.

살아보니, 가장 더러운 것은 근심이다.
미열이나 호흡곤란같기도 하고
층간소음같기도 하고.

남자라는 제품은 온전한 게 없다.
온전한 남자는 남자가 아니다.
그는 남자인 척 하는 남자일 뿐이다.

차이코프스키 특집인가.
비이올린 협주곡 5번을 듣고,
서비스로 안단테 칸타빌레도 들었다.
달달한 선율이 오늘은 사소설적으로 들려온다.
감미롭다 못해 쓰린 봄밤이 러시아까지 뻗친다.
근데 왜 나는 지휘자의 존재를 인정하지 않는 것일까.
유럽 음악에도 재해석의 여지가 있는지 모르겠다.
그래서 나는 이런 경로를 통해 어렵게
또하나의 편견을 획득한다.

시인의 잡담

어디선가,
남몰래 비아그라 삼키고 있을
계사생 뱀띠들!
부디 용기 잃지 말고
조용히 죽으러 가자.
그대들의 임기는 끝났다.
이상.

보헤미안도 시대별로 티오가 있는 모양이다.
나머지는 공무원이나 회사원으로 편하게 살아가라고.

만남=맛남

미래파, 숨통파, 살고파

100세까지 사세요.
그것이 불가하다고 합의할 때만 나눌 수 있는 덕담이었다.
이젠, 그렇게 말해서는 안 될 것.
꼴리는대로 사세요.
'창문 넘어 도망친 백세 노인' 알란 칼손처럼.

잠은 진작에 깼는데
꿈이 깨지 않아서 일어나지 못하는 날도 있다.

아주 짧게 살고 가면서도 애초에 기획하고 온 듯이
세상에 큰 발자취를 남기는 이들이 있다.
1942년 25세의 나이에 죽은 찰리 크리스챤도 그런 인물.
그런데,
영구임대아파트 한 채 남기는 삶도 있다.
누가 더 남는 장사를 했는지 계산이 잘 되지 않는다.

〈당신없는 인생〉이라는 노래를 들었다.
잠결에 들어서 당신이 누군지 모르겠다.

아버지를 존경하는 사람도 있다.
프로이트 신생은 뭐라고 힐까?
저런 것들 때문에 내 이론에 구멍이 생긴다니까.
진실이 허구의 구조를 갖듯이(라캉) 모든 생각은
부득불 편견의 팬티를 걸친다.
팬티를 벗으라구?

권태의 원산지는 프랑스이고, 우울증은 영국, 광기는 러시
아산이란다. 위의 품목들은 수입을 통해 대개 국산화 공정을
거치면서 실용화되었다. 전쟁, 근대화, 민주화와 같은 역사적 프
로그램들이 권태나 우울을 자연스럽게 체화시켰던 게 아닌가.
부도덕에 대한 무감각, 높은 자살률과 같은 게 이에 대한 예증
이다. 그러나 국내에 유통되는 광기만은 품질이 좋지 않은 형편
이다. 이것도 원산지 것을 들여오는 게 좋겠다. 따지고 보면, 우
리 문학에 광기가 부족한 것도 이유가 있었던 게 아닌가. 지랄
은 있으되, 발광이 미미했던 단일민족의 권태와 우울!

5

헤어져도
관계는 남는다

너무 아픈 사랑은 사랑이 아니듯이(김광석),

너무 분명한 시는 시가 아니다.

시는 불가피하게 오리무중을 오리무중으로 뚫고나간다.

아시겠지만,

시는 과학이 아니거든.

원서동에 있는 박인환 옛집을 가본다는 메모가 남아 있다. 뭣같은 모더니즘에 빠져 문학청춘을 소진하고 요절했던 그. 툭하면 김수영들에 의해 까이고 지이는 신세냐. 심심하면 불려나와 까이는 것은 각론은 무성했으나, 총론이 미련했던 한국시의 무지 때문이다. 그때, 김수영이 등장하지 않았다면, 박인환에게 입석이라도 문학사의 초대가 가능했을지도 모른다. 김수영이 한국시의 총론을 제안하는 순간 박인환은 거세되었지만 박인환들은 지금도 여여하게 영업중이다. 역사는 성공을 기억하겠지만 문학은 실패를 보살펴야 할 것. 세월은 가도 김수영들의 입술 위에 그대의 실패는 남아 있다. 잘못 간 사랑처럼!

시인의 잡담

홍상수의 몇몇 영화, 가령 〈첩첩산중〉같은 텍스트는 한국문학에 포함되어야 한다고 생각한다. 한국소설은 홍씨가 통과한 부분을 미처 통과하지 못했거나 건너뛰었다는 게 나의 편견.
홍감독의 영화는 한국소설이 가져보지 못한 거울상인 셈. 소설과 영화가 다르다는 말씀을 하시는군요, 댁은. 하긴, 잘 알지도 못하면서. -.-

어떤 승려는 죽기 전에 '괜히 왔다 간다'고 했다.
가서는 '그냥 거기 있을 걸' 하겠지.
가서 오지 마라!
가다와 오다에 걸치는 수고로움.

사는 기쁨=서는 기쁨

내가 나에게 하는 말이 재즈라면,
재즈의 자리에 시를 교체 출전시켜도 되겠군.
누구나 갔으면서도 아무도 가보지 못한 길
가득 채우면서 텅 비우는 것
흘리면서 생략하는 것이 시인가 재즈인가

정권 말기 같은 2월의 겨울이 봄의 살결 속으로 틈입한다.
파고든다는 말의 풍경화.

하이쿠=아이쿠
짜릿한 감각에 대한 한일 간의 언어적 공유

이성복 어떤 개똥철학을 늘어놔도 문장만은 속일 수 없다.
((복창)) 어떤 개똥철학을 늘어놔도 문장만은 속을 수 없다.
자기가 쓰고 자기가 속아넘어가는 문장의 리듬이 문제겠지!
개똥철학에서 철학이 도망가면 남는 것은?

아프리카 어디서 정부군과 반군 사이에 충격전이 벌어져서 사
상자가 생겼다는 외신을 들을 때면, 아직 역사라는 게 진행되
는 동네가 있다는 생각. 핵실험만이 살 길인 조선민주주의인
민공화국도 그런 범례.

논리적이라는 말을 들을 때마다 웃음이 흘러나온다. 왜 그럴까?
요컨대 그것이 하나의 틀, 도구, 거푸집이기 때문일까?
논리가 무엇을 밝혀주리라는 기대를 품었을 때 나는 젊었었구나.
이기적으로 편집된 한 트럭의 거푸집이여,
더 저물기 전에 비논리적인 것들만 불러모아서
한 판 놀아보고 싶다.

시를 썼을지라도 시를 살지 못한 죄!
네 죄는 내가 안다.

작가가 자신의 문체를 가졌다는 것은
자기 패션을 가졌다는 뜻이다.
좋은 작가가 되기 위해서는
자기의 문체를 포기하려는 욕망과 싸워야 할 것.
단벌신사 우리 애인은 서른한 살 노총각! 어떤가, 이런 노랫말.

잘 아시다시피, 언어는 의미의 근처를 어슬렁거린다.
그럴듯하거나, 애매하거나, 부정확하거나, 빗맞거나,
삑사리 나거나 등등.
부정확할수록 정확에 도달하는 이 역설은
정확한 반음이 아니라
반음 가깝게를 연주하는
블루 노트의 운명을 닮는다.

시인의 잡담

심심하고 외롭지 않았다면 삶은 얼마나 천박했을꼬!

베스트 셀러 미필적 고의의 상업적 예증

검색된다는 것은 헛살았다는 반증이다.
(검색 되지 않으실 거죠?)

김윤식은 박완서를 일러
'자기 이야기를 자기 이야기처럼 쓴 작가'라고 명명했다.
계속 대가리에 남아돈다.
정신분석이 개입해야 하는 대목이 아닌가.
자기 가면을 자기가 쓰고 무도회에 참가해야 하는 시간.

시를 쉽게 쓰면 독자들에게 개무시당하기 쉽다.
써놓고 쓴 사람도 모르는 단계에 이르는 순간이야말로
시의 엑스타시다.
업종마다 번민은 다르군.

작년 12월에 거리에서 넘어진 사람이 1,800명이라고 한다.
혹시 당신이 통계에서 빠졌는지 확인하고 연락해주길!

헤어져도 관계는 남는다.

우리는 내일 어떻게 될지 모른다.

잘 살아야 한다 (시골 스님).

스님, 어떻게 하면 잘 살 수 있습니까?

묻지 마라, 나도 해골 아프다.

당신의 침묵이 은폐하는 것.

은행이 셔터를 내리고 계산에 골몰하고 있는 사무실 풍경처럼.

누군가 죽지 않아서 끝나지 못하는 스토리가 있다.

소설 속에, 영화 속에. 심지어 오늘 당신의 내러티브 속에도.

누군가 손들고 말해야 한다. 내가 죽어줄게.

         니들이 시 쓰느라 고생이 많다, 쪼다들아.

                아르튀르 랭보

5 헤어져도 관계는 남는다

잎춘

시를 아십니까?
우리가 서로를 확인할 때 사용하게 될 패스워드

나는 당신이 깨어 있는 시간을 안다.
당신이 이 글을 조회하고 있는 그 순간,
내가 당신을 보고 있다는 사실을 당신은 알고 있다.

한국시는 거장을 갖지 않고 있다.
다행스럽게도!

시는 그것이라고 가리키고 남은 것 중에
끝내 가리켜지지 않는 것.

시인의 잡담

벨라 타르가 만든 헝가리 영화 〈토리노의 말〉을 봤다.
그가 감독한 〈사탄 탱고〉는 러닝 타임이
일곱 시간'밖에' 되지 않는다.
일생이 러닝 타임인 사람들에게 일곱 시간은 뭐!
지금도 당신은 상영 중이지요?

2월 첫날, 비왔다. 이것저것 다 부족한 달이다.
마음도 몸도 미달이다.

자다부詩詩한 그대 얼굴, 내가 보고 간다.

인사동에 나가면 이쯤이 재즈가게 '장수풍뎅이'가
있었던 자리일 거라
가늠하며 발길을 거둘 때가 있다.
한번도 존재한 적이 없으면서도
실존처럼 뇌리에 박혀 있는 이것은 무엇이냐.
갈 때마다 그 집에 들른다.

동지여, 제발 까놓고 말하지 말자.

묻겠다, 직업은?
시인!
그딴 거 말고
기간제 시인이라니까요, 안 믿으시네,
이런 도(道)라이, 솔직히 말해
나, 듣보잡이외다

시는 시 이전에 표현을 갈망하는 관념이 있다. 언어로 그것을
표기하는 순간 시는 사라진다. 태어나면서 사라지는 것이 시라
면 그것은 음악의 속성을 닮았다. 악보가 음의 집이 될 수 없는
것처럼 언어도 시의 거처는 아니다. 언어는 알지만 시인은 모르
는 이것.

가끔, 그대를 회임한다. 그러나 출산할 수 없는

자지도 서지 않고!
남의 대사에 왜 내가 엮여서 들켜버리는가.
인생은 이렇게 우연히 저질러지거나 저지르는 것이다, 감사하자.

평론의 증상은 딱 두 가지.
하나는 무슨 말인지 모르는 소리를 늘어놓는다는 것
다른 하나는 하나마나한 얘기를 중얼댄다는 것.

내가 맞고 세상이 틀린 줄 알았는데 요즘은 내가 틀리고
씹새들이 맞는 것 같아서 외로워요.
조류독감을 조심해라.

그녀는 눈을 자주 깜빡거린다.
성감대가 목구멍 속에 있는 여자가 있듯이
그녀의 거시기는 저 깊은 눈 속에 있다고 믿고 싶다.

황덕호, 당신의 첫 번째 재즈 음반 12장, 포노, 16,000원

눈 내리던 날 신도시 모텔에서
어린 사미승에게 팔베개를 해 준 여자,
그 보살을 3년 임기의 명예시인으로 임명한다.

착각은 정확한 순간에 도착한다.

얼굴이 퇴폐적으로 생겼다는 이유를 들어 1980년대 신군부는 배우 이덕화의 연예활동을 제한한 적이 있다. 이장희의 「그건 너」는 남탓한다는 이유로, 송창식의 「왜 불러」는 반말이라는 이유로, 정미조의 「불꽃」은 사상이 좀 야하다는 이유로 금지곡에 선정되었단다.

1970년대의 얘기다. 지금 봐도 금지할 만 하다. 불꽃이라니, 게다가 '나는 타오르는 불꽃 한 송이'는 어떤 운동권 주제가도 지나가지 못한 대목이 아닌가.『꿈꾸지 않는 자의 행복』『오늘 문득 나를 바꾸고 싶다』『사경을 헤매다』『본의 아니게』는 일말의 퇴폐성을 감추고 있거나 금지 코드를 (소심하게) 지닌 제목들이다.

당신의 웃음은 당신의 것만은 아니다.
거기에는 당신이 웃어주었던 사람의 얼굴과 당신을 향해
웃어주었던 사람의 얼굴이
사이좋게 타협하면서 섞여 있다. 표정은 그렇게 연습된 근육이다.
자, 다시 한번 웃어보세요. 치-즈라고 할 때 보이지 않던
사람이 김-치에서는 보이는군. 컷!

주차장에 나오니 차를 어디 뒀는지 생각이 나지 않아서
아무 차나 운전해서 집에 왔는데
아직까지 어떤 연락도 없는 걸 보니
내가 내 차를 타고 온 모양이다.

통계적 짜증
주 3회 섹스를 한다는 통계가 있다고 치자.
만약 당신이 주 1회 라면 누군가 당신 몫의 통계를 사용하고
있다는 해석이 된다.
분발하시라!

혀는 통하지만 말은 통하지 않는 키스를 지젝 같으면
설치적(舌齒的) 사랑이라고 했겠지.

거리에서, 지금 몇 시냐고 묻는 놈이 있다.

내무반에 쥐가 몇 마리 있는지 보고하라!
물의적 사회를 살고 있는 한국사회의 '이데올로기보다
더 강고한 이데올로기'
대강 철저히!

나도 한때는 잘 나갔다.
그 짧은 순간을 우리는 전성기라 요약한다.
몸 전체가 달아오른 성기처럼 밝고 뜨겁던 순간.
남의 전성기를 구경하면서 후끈 달아오르던 그때가
나의 전성기였다니!

김소월, 백석, 서정주, 김종삼, 김수영,
김춘수, 박용래, 천상병, 김영태, 오규원
이 명단이 무엇을 뜻하는지 아는 분에게는 사인회에서
여성들에게 키스를 해 준 하루키식으로 사례할 용의가 있다.
쪽! 다음 분! 앗, 남자군.

파업이 없는 문인조합을 무어라 불러야 하나요?

언어에 사물이 얼비칠 때가 있다.

정회원 이상 읽을 것
그런데 준회원이 더 열심히 읽게 되는 것은 무슨 법칙일까.

기립박수가 예술 쪽으로 오면 전체주의가 되기 쉽다.
어이, 거기… 앉아 있는 친구… 더 크게 치라구!

시간이 화살처럼 빠르다. 화살에 매달려 산 하루다.
도착하고 보니 과녁의 뒷구멍이 아닌가.

악보 외우기 힘들어 죽겠어요
나도 시 쓰기 싫어 죽겠다
죽기 전에 우리 영월 쯤에서 낮술 한 잔 하자.

사랑은 반음 정도 낮게, 적당히, 부정확하게,
모호할수록 감정의 오지에 다다른다.
사랑이 장르가 아닌 이유다.

시인과 상인의 공유점은
그 막대한 초윤리성에 있다.

일언지하에 말하자면,
가치라는 말처럼 무가치한 말은 없다.

저마다 자기 언어의 품에서 살아간다.

새겨 읽어야 할 부분은 밑줄 긋지 않은 그 대목이었어.

현실은 허구의 보충물이고, 허구는 현실의 위조다.

독자가 된다는 것은 텍스트에서 자기를 발견하는 일이다.

프로이트의 『꿈의 해석』(1900) 초판 600부가 팔리는데
9년이 걸렸다.
9년이 걸려도 해석되지 않는 꿈은 있다.

시인은 정신병적 귀족이다.

루이 암스트롱의 통속성을 좋아한다고 말한 여자가
지금 나의 픽션 속으로 걸어들어온다.

시쓰기의 초기 자본은 볼펜 한 자루다.

한국시문학의 부실을 불러온 한 원인도 여기에 있다.

시 한 편 우그러뜨리는데 몇 날 며칠 걸리는 경우도 있고,

일필휘지의 경우도 있다.

당신은 어느 쪽인가?

몇 날 며칠 일필로 휘갈기는 사람이었으면 좋겠습니다.

금년도 노벨문학상 수상자가 생각나지 않는다.

본인은 알고 있겠지만.

아홉 편의 시

가슴 더울 때

밤의 가장자리를 아꼈듯이
내가 사랑한 것은 당신이 아니라
누군가의 화사한 그늘이었다
연필로 쓰고 지워버린 글씨처럼
당신과 나는 손 닿지 않는 연습이었다
손을 내밀어다오
그 위에 마음을 얹어주겠노라
다짐한 밤들이 다 지나갔다
12월이다 밤의 중앙고속도로
안동 방면으로 경차가 숨차게 달려간 뒤
엔진의 잡음만 남아 웅웅거린다
사랑하라, 가슴 더울 때

깊고, 강하고 부드럽게

재즈풍의 초겨울밤이 깊어간다
어떤 잡음도 섞이지 않은
현재진행형의 느린 밤
깊고, 강하고 부드럽게
불면의 속을 핥고 가는 목소리
붉고도 흰 밤의 혀가
외음부 같은 한 질(膣)의 어둠을 선적한다
당신의 허리가 철학을 낳는다
성난 연주가가 힛짚은 긴빈처럼
밤은 조금 어긋난 채 어둠을 놓친다
혼자 뛰는 붉은 피 흥건하던 그밤
나는 나를 낳고 웅혼하게 울었으리라
그대 아직 그 밤을 기억하는가
깊고, 강하고 부드럽던 그 밤을

오후 네 시

아직 남은 햇살 어깨 뒤에 남겨 놓고
읽다 접힌 책을 읽는다
읽히지 않는 구절은 건너뛴다
부지런히 도착해도 한 뼘씩 남는 길처럼
겨울날 오후 네 시가 내 앞에 왔다

영하의 바람을 뚫고 들어온 햇살에
몸을 기대고 산보 중인 나를 기다린다
이 순간은 지금뿐이다 만세
몸에서 녹는 햇살 만져보려고
가늘게 눈을 떠보는
오후 네 시

전재산

아파트 한 채, 자동차 한 대
미혼의 일녀 일남
통장 잔고처럼 겨우 바닥에 붙어 있는
수줍은 비밀 번잡스런 뇌
줄여서 번뇌
나의 재산은 이게 다다
아침에 이팝꽃 핀 거 보았다
진짜 재산은 저렇게 나의 바깥에 있었다
돌돌(咄咄)

누드

여름밤 빗소리가 소란스러워 귀 부실 때
발목만 나온 누드를 그리고 싶다면
미련한 자네는 믿어주겠는가
발가락 사이의 틈으로 빗물 흐르게 하고
살집에 스며드는 소리를 그려넣으며
누드에서 울려오는 소리를 듣겠다는
내 생각에 속아주겠는가
아무것도 걸치지 않은 알몸음악
기쁘지 않겠는가 기쁜들 어쩌겠는가
슬프지 않겠는가 슬프면 또 얼마나 좋겠는가
뼈에 닿거나 살에 닿거나 미처 닿지 못할 수도
있는 거리만 남을 수도 있겠고 그래서
모든 안타까움은 안타까움일 뿐
누드는 나의 원죄일 것

신림에서 돌아오며

가수 조영남의 '초벌 유언장' 같은 씨디에서
그이의 앨범 후기를 느껴 읽은 적이 있어
다음 단락에 통째로 베껴 적는다

나는
「모란동백」을 배워부르면서 많이 울었다
그것은 이제하 선생을 평생 흠모해 온 보람이었다
나는 단지 선생의 경상도 사투리 '뜨돌다 뜨돌다'를
'떠돌다 떠돌다'로 정정해서 불렀을 따름이다

철학자들

철학자들이 대세다
한 줄로 번역하면 살기 힘든 시대라는 말이다
말이 철학이지 하나같이 외국책 번역하고 거기다
몇 마디 더 얹는 식이다
그런 점으로 보자면 슬라보예 지젝이 몇 수 위다
그 정도는 사기를 쳐야 먹히지 않겠는가

이웃에 혼자 사는 중늙이가 이사 왔다
밥도 혼자 하고, 설거지도 혼자 하고, 대화도 혼자 하고
심지어 연애도 혼자 하는 눈치다
그는 일찍 세상의 온갖 썰들을 단칼에 쳐버렸다
요즘 그가 읽는 책은 만화다
마음놓고 듣는 음악은 어쩌다 들려오는 바람소리다
그가 죽기 전에 남기고 싶다는 문자가 왔다

그 말씀은 에, 또
니나 잘하세요

당신도 알다시피

모르는 사실을
아는 듯이 말하고 있을 때
나는 외롭더라
죽음에 대해서
득도에 대해서
내가 손수 만지고 허문
삶에 대해서 말할 때는
더 그렇더라
사랑에 대해서
굴욕에 대해서

나는 웃고 있네

어디서 생겼는지 한 무리의 바람이
쌩하게 불어가면서 나뭇잎 하나를 때린다
아직은 이르다고 생각하던 나뭇잎이 자기도 모르게
바람에 쓸려가는 중
가을을 비켜서서 눈에 덜 띄게 늘어선
부도행렬처럼 죽어서도
저렇게 엄숙히 서 있어야 하다니
눈치 없는 나뭇잎이 부도 위에 얹혔다
조용, 조용히,
좋은 시라면 이 근처 쯤에서는 독자들이
밑줄 그을 만한 문장 하나쯤은 감춰둬야 하는데
이 시는 그것 없이 맹탕으로 지나간다
속이는 척 하다가 속이지 못하고
나만 속아버리면서 나를 향해 웃을 때
울울한 잡목림으로 사라져버린 바람의 흔적을 보며
알 듯 말 듯하게 서 있는 중

당신은 모르실거다

종로 3가 중고서점에서 손에 쥐었던
씨디 두 장
셀로니어스 멍크의 뉴욕과 파리 라이브
열어보았더니 알맹이가 없어서 그냥 나왔다
그러면 그렇지

나중에 알았는데, 껍데기를 계산대로 가져가면
알맹이를 준다는 거였어
무슨, 이런 개법이 있는가

집에 돌아온 뒤에 그 점을 알았다지 뭐야
이럴 수 없어서 저럴 수도 없는 일이
그날 일어나다니

월요일 아침 악셀레이터를 밟으며 아침 노을이
인사동에서 본 외국화가의 그림보다 몇 배는
더 추상적 현실을 담고 있다는 것에 넋을 놓고
슬그머니 하늘 한번 만져보았다
그것으로, 나는 놓쳐 버린 것을 벌충한다

시방 나는 여주를 지나가는 도중이다
도중이 도주의 짜릿한 알리바이라는 사실을
미안하지만 당신은 모르실거다

나는 좌파 인터내셔널

진보주의자냐고 묻지 마시라
(아무도 묻지 않았지만)
평생 내 짧은 걸음으로
이 초조의 벼랑까지 이르렀으니
마지막 헛발 내딛어야 할 이곳에서
어찌 더 진보할 걸음이 남았겠느냐

보수주의자냐고도 묻지 마시라
(역시 아무도 묻지 않았지만)
예쁠 것도 없는 아내와 미혼의 자식들
콧구멍한 아파트 한 채 경매에 내놔도
팔리지 않을 몸뚱이만 가진 내가
더 털릴 게 무엇 있어 보수하겠느냐

어린 날, 나는 일곱 살
장작개비 하나로 버스비를 대신하고
십릿길 통학할 때, 비좁은

버스 속 사람들 몸 닿는 게 싫어
먼지 나는 1960년대의 신작로를
심심하게 걸어갔다 돌아보니
그게 나의 진보, 그게 나의 보수
그게 나의 전면적 진실이었을 것이니

등 뒤에서 애타게, 좌우 없이
손주의 이름 부르던 할머니 목소리 쟁쟁
지금도 내 가슴의 외로운 못이거늘

나는 그날부터 좌파에 입문했고
세상적인 풍문과 헤어지면서, 멀어지면서
맨발로, 홀로, 빈손으로, 저문
병대끝을 향해 걸어가는 자유로운 단기필마
태생적 좌파가 되었구나

초가을 개심사

심검당 마루에 걸터 앉아서
무량수각 처마로 떨어지는 빗방울을 느낀다
여기까지 쓰고 앞의 것을 다시 읽어 본다
무엇이 빠진 듯 하고,
누군가 써먹은 문장 같기도 하다
아무려면 어떤가 하면서 다시 읽어보는데
마음 모서리가 좀 젖었다
대충 십여 년 만에 다시 들른 절이다
늙어서 오니 구부러지고 삭은 기둥이 편하다
초가을 옆에서 기념사진은 생략한다
집 나와 집을 찾는 남자가 빗소리의 리듬에 맞춰
두드리는 사시예불 목탁이 행인의 등을 토닥인다
두드릴 목탁이 있다는 것은 좋은 일이다
이십분쯤 앉아 있었는데 목구멍 속으로
해장국 넘어가듯이 몇날 며칠이 후루룩 흘러갔다
시를 쓸 이유보다 쓰지 말아야 할
이유가 더 많다는 생각을 했던 날이다

나는 웃고 있네(속편)

가을에는 공작산 수타사에 가지 마실 것
단풍도 볼 것 없고
흐르는지 마는지 저도 모르는 계곡물도 작년과 같고
절집은 이년 전과 똑같고 스님도 이동이 없었으며
하물며 스님이 두드리는 목탁의 운율도 달라진 게 없었다
일주문 밖에 밀려나와 눈에 잘 띄지 않는 부도의 갯수도
세어보았는데 이년 전인가 삼년 전인가와 같았다니까
이럴 수가 아니 이거야 원
산문을 벗어나넌 영가도 영 못 믿겠어서
고개를 슬그머니 돌려본다
그러려니 하고 가시면 좀 덜 서운하시려나

철학 한 잔

심심한 저녁 너는 오지 않고
바람만 불다 그쳤다
지난 밤 읽다가 접어둔 시집이 밤새
느닷없이 성숙해 보여서 몸 그리운 사내처럼
다가가 몇 줄 맛보았다
활자는 사라지고 여백만 성성한 책
모차르트를 듣다가 모차르트가 잡음이 되고
브람스를 듣다가 브람스가 잡음이 되고
셀로니오스 멍크는 듣지 않았는데 이미 잡음이 된다
냉장고에서 찬 물 한 잔 끼내 미시고
방안을 몇 걸음 산보하다가
마침내 나는 생각하게 되었다
인터넷에서 보았던 회초리 같은 댓글 한 쪽
이 병신 같은 놈들아!
나는 그 말에 완전 손들었다
유명짜한 철학자의 말씀이 아니라
무명 짜릿한 말씀이 눈물 겨워서
물 한 잔 더 마셨다는 것

개운사

개운사까지 갔다
대웅전 구석에서 마주친 붓다는 고개를 수그리고
무얼 찾는 모습이었다 아직 덜 찾은 게 있는 눈치
그래서겠지만 그가 낯설지 않았다
장면은 바뀌어서 광화문 교보문고
이리저리 돌다가 서점을 나오니 설익은 빗방울 몇 점
(가을호 문예지는 표지만 보고 지나가다 뒷걸음질로
다시 왔다가 그러다가)
우산 없이 천천히 효자동 방면으로 아니 가회동 쪽으로
슬슬 길었다
(이런 감을 알까? 사람들,
뭐, 나도 모르는 사정인데)
순전히 가격 때문에 집었다 놓아 버린
마일스 데이비스 전집의 느낌을 빈 손은 오래 기억하겠지
이번 가을 말이야,
아직도 마음의 간을 잘 못맞추고 있으니 이거 큰일이야
빗방울이 굵어져서 비를 피할 생각도 있었지만
젖은 김에 더 젖어보려고 은행나무처럼 불을 끄고
어둠 속으로 걸어들어갔다

가을저녁의 시

치악산 허공에서 돌아와
간편식 저녁을 먹고
음악을 들어? 말어?
소설을 읽어? 말어?
ㅋㅋ 이건 다 지어본 생각이고
이도저도 생략하고 그냥 앉아 있었다는 것

여덟시가 지나가고 아홉시가 지나가고
트림 같은 뉴스들 느린 걸음으로 지나갔다니끼요
전화를 걸어? 말어?
창문을 열어? 말어?
그러는 사이 나의 몸은 자정

덥썩, 자기를 긍정해야 하는 이 시간에
몸을 눕히지 못하고 서성대는 당신은 누구인가?

그러게 말이에요

시인의 잡담

6

시는 여자처럼
미완성 기획이다

나는 당신의 맹목적인 얼굴을 숭배한다

고정관념은 사회를 갈등시키는 동력이다.
지역, 계층, 세대, 진영 간.
생계형 고정관념은 그러나 늘 자신을 방어하는 데 기여한다.

파동하는 슬픔, 비브라토, 분사되는 내면이 있다.
루치아노 파바로티의 성대에는

일본 프로 야구 요미우리 자이언츠의 전직 투수가 자살했다.
일본야구 통산 11승 10패 11세이브 평균 자책점 2.89다.
그가 남긴 자책점에 눈이 간다.

슬라보예 지젝의 『이데올로기의 숭고한 대상』과 무라카미 하루키의 『색채가 없는 다자키 쓰쿠루와 그가 순례를 떠난 해』 사이에 찰스 밍거스의 「만약 지그문트 프로이트의 아내가 너의 엄마라면 네가 할 수 있는 모든 것들(All the Things You could be by now if Sigmund Freud's wife was your mother」)을 끼워넣어 본다.

시인이라는 이름 때문에 시를 쓰는 사람도 있을까?

형은 아픔이 없어
있어
없잖아
있다니까
정말 있어?
없어
그게 형의 아픔이야
한 잔 해라, 시인 나리

2013년의 시동을 걸고 목하 공회전 중이다.

시는 여자처럼 영원한 미완성 기획이다.

시인이 아니라 시인의 대역처럼 살았군요.

계사년에 주로 쓰고 싶은 말 당신이 맞습니다.
하고 싶은 상상 나는 거품이다.
실천하고 싶은 프로젝트 판단하지 않는다

김도연 서지도 않는 노인들이 잠도 없냐?
그의 단편 「민둥산」은 아름답고 황당하고 무례하지만 쓸쓸하다.
꿈이 생시를 각성시키고, 생시가 꿈의 인증이 되는 픽션.
올해에 마지막으로 읽은 단편소설이다.

철학과가 없는 대학은 학문적 내시다.

시인의 부패는 스스로를 시인이라 믿는 순간부터이다.

한국시의 절정을 개척한 노시인이 사심없이 격찬한 그 시집
이런 문장의 주인은 누구인가?

슈베르트의 〈들장미〉를 재즈판으로 들었네.

나 자신에게도 적응하지 못하면서 살았다, 올해.

시를 쓸 때, 의미의 고집(수구성)에 붙잡히지 말 것.

어딜 만지고 지랄이야.

1980년대까지 흔히 들어본 사회적인 비명이다.

이젠 이런 트림 같은 비명도 제도화되었다. 트윗, 트윗.

합창에서는 존재감이 문제가 된다.

양보와 타협이 합창이 과시하는 목록이라면 더 그렇다.

그렇게 보자면, 합창은 전체주의적이다.

민주주의가 개인의 존재감을 인정하는 것은

집단의 화음을 깨지 않는다는 서약 속에서만 가능한 일이다.

6 시는 여자처럼 미완성 기획이다

미래는 지나갔고, 과거는 자꾸 되돌아온다.

지금은 어디 있느냐고 묻는 시점마다 내가 태어난다.

시인과 사설우체국장은 부디 연대하라!

모 출판사에서 엄선한 한국시인선을 보았다. 근대시 100주년을
위한 100명의 라인업이었다. 그때는 어땠는지 모르겠으나, 지금
시선으로 보면, '한국시에 기여하지 못한 100인선' 쯤으로 읽히
는 혐의도 있다. 김소월로부터 1980년대 시인까지 동원된 시인
병풍. 이제 보니까, 김수영은 자기 시대의 앞과 뒤를 동시에 혁신
시킨 인물이었던 것. 문제는 그게 아니라, 여직 김씨의 정신
성이 극복되지 못하고 있다는 **진화의 매너리즘.**

중학교 2학년, 열네살에 시에 접선되었다.
여직 이 동네에 쭈그리고 있느니,
하릴없는 장좌불와(長座不臥)요 동구불출(洞口不出)이다.
손에 돌고 있는 몇 편의 언어부스러기.
소식 끊긴 자리마다 시였구나. 불립이여, 문자여.

영동고속도로 이천 구간에서 영구차를 추월했다.
그러지 말았어야 했다.

삶의 어떤 국면을 넘쳐나거나 너무 못 미치는 그것만
내게 시다.
이게 내가 시에 관해 알게 된 전부다.

소설이 소설로 읽히는 것은 소설의 태생적 기원에 비추어
어색하지 않다.
소설가들이 소설적으로 움직이는 것도 유전적 본능의 확인일 것.

그대의 시는 언제, 어디서 봐도 그대의 것임을 알겠다.

이름을 지워도 알겠다는 뜻이다.

좋은 뜻이지요? 개성이 확보되었다는 뜻이니까요.

그 반대다. 그대는 그대의 언어적 프레임에 갇혀 있다는 뜻이다. 독자가 시 앞에서 '이게 뭐야?' 하면서 황당할 때마다 시는 성공한다. 그대의 카피라이터를 포기할 수 있을 때 진정한 시에 도달하게 될 것이다.

시인의 개성이 즉 시인의 무덤이 되는군요.

어둠 속에서, 한눈 감고 봐도 저게 네 에미라는 것을 알아채게 되는 인지 구조를 생각해라.

화장터에서 점심을 먹던 그 언어도단의 시간.
당신이 그리웠으니, 이 몹쓸 삶의 쓸쓸한 미각.

누군가 좋아하는 뮤지션을 물었다. 그때 어리버리하고 말았다. 그보다 내게 먼저 온 것은 악기다. 피아노와 색소폰. 이 연주자들 속에 나의 답이 찾아져야 한다고 믿으면서 그룹을 짜본다. 명단은 많지만, 이 사람! 스탄 게츠(1927~1991). 테너 색소포니스트. 거대한 에고를 안고 알코올과 헤로인에 젖어서 평탄함과는 인연없이 살았던 뮤지션. 장점도 많았지만 결점도 많았던 사람. 레스터 영, 케니 도럼, 벤 웹스터, 소니 로린스 등이 두서없이 떠오른다. 찰리 파커도 예외없이 이 맥락의 선두다. 그 역시 알토 색소포니스트였으며, 35세에 마약으로 파멸했다는 점도 피할 수 없는 내 사색의 주제다. 35세 이후는 대체 뭐냐, 이런 거.

6 시는 여자처럼 미완성 기획이다

한번 쓰여지면 고쳐지지 않으려는 완력이 시에는 존재한다.
구조적 고집이 그것이다.
시어들을 이어주는 체온 같은 것이 발생한다.
내가 시를 퇴고하지 않는 이유도 여기에 있다.
쓰여진 시의 압력에 져준다는 뜻이다.

방황은 관념이고 방탕은 실천이다.

지금 이 순간 인터넷 앞에서 악플을 달고 있는 당신에게
메리 크리스마스!

나는 누구인가는 선불교가 골몰하는 주제다.
방선(放禪) 시간에는 당신은 누구인가도 물어야 한다.
너와 나의 혼숙시간이 사바의 시간이기 때문이다.

박완규가 방송에서 〈비밀〉을 노래하는 걸 봤다.
이제 그에게는 비밀이 없어 보였다.

같은 성끼리 결혼하는 게 어색해보였던 적이 있다.
조상이 다르다니 할 말은 없다.
하긴, 다를 것도 없지만,
다르지 않을 것도 없다.
성관계가 발생하는 장면은 늘 근친적이니까.

시, 당신 없이도 살 수 있다고 생각하는 순간부터
삶은 詩들해졌어

전미 빨래판(Washboard Drummer) 협회 정회원은 650명.
눈 오는 날, 고량주 마실 정회원 모집 중이다.

원주 자유시장 앞을 지나갈 때면

주저앉다라는 말이 생각난다.

저 말은 주로 능동과 수동이 결합한 문법적 체위다

서울로 가다가 멈춘 건지

강릉으로 가다가 멈춘 건지 헷갈릴 때마다

나는 내 생각이 주저앉은 곳을 더듬어본다

4호선 수유역을 지나갈 때마다 입안이 가득 부풀어오른다.

한 입 가득 젖을 문 느낌.

구순기 고착은 에, 또, 자세한 해석은 다음에.

평상심이 희한하고 완전하게 경험될 때가 있다.

예컨대, 소가 닭을 굽어볼 때.

강릉시 중앙시장 먹자골목의 복잡성이 좋다.
라캉 개념으로 말하자면, 그것은 상상적이고,
상징적이고 심지어 실재적이기도 하다.
나무의자에 걸터앉아 아무도 기다리지 않으면서,
지나가는 기차소리에 귀를 놓고,
이모 같고, 고모 같고, 한때는 내가 추근댔을지도 모를
그녀 앞에서 그녀의 일생이 지나간 표정 앞에서
감자적 안주로 소주 한 잔 마셔보라.

알긴 뭘 알아

모르긴 왜 몰라

두 생각 사이에 난 틈에

손을 쑥 집어넣어 보면 어떨까

웃었다 치고, 했다 치고, 먹었다 치고, 봤다 치고,

에, 또, 살았다 치고

살지 않은 시간이 쭈뼛!

아직도 시 쓰세요?

이따위 식으로 시인에게 묻지 마라.

여태 살아계세요로 번역되는 의미 영역이다.

그러는 그대는 어디 가서 그대의 상처를 핥고 있는가?

궁금하지 않다, 컷!

어떤 말은 운명적으로 제 몸 안에 배다른 형제를 키운다.

예컨대, 맞장구 같은 말. 맞장구 치는 동안 그대는 짱구가 된다.

사려 있는 사람이 피하는 게 그거다.

가장 일반적인 맞장구의 유형은 침묵이다.

나도 모르게 빠져들고 젖어들어 상대편과

한몸이 된 분리불가의 상태.

민주주의에 대한 합의도 맞장구가 아니던가.

그것에 기대면서 속화되어 가는 세월

대개 그렇게 사는 것이 아닌가.

울게 될 것이라는 예감인지

미리 울어버렸다는 징표인지 궁금하다

눈물점

중랑천변에 살던 물억새 몇이 나를 찾아왔다.

벨을 몇 번 누르고는 돌아갔다.

문 앞에 물자국이 남아 있었다.

그것뿐이다.

6 시는 여자처럼 미완성 기획이다

제가 혹시 박지 않았습니까?

구리 톨게이트에서 통행료를 내는데, 뒷차가 내 차를 박았다.

그 느낌은, 많이는 아니지만,

조금 성가시겠다는 정도의 감각이었고,

차에서 내린 어린 여성이 차창에 대고 한 말이다.

'내 차가 박혔나요?'라고 되물어야 하는

구문론적 후배위의 순간이었다.

세상 일은, 참, 기묘하게도, 엉뚱한 곳에서 저질러진다.

에, 또. 가설라무네.

중부고속도로 상행선 졸음쉼터를 지나간다.

저게, 어찌 나의 시가 아니겠는가.

저 문자적 졸음, 사랑스러워라, 내가 베고 누운 베개여.

주먹 같은 눈송이도 반쯤 깨어진 눈송이도 모처럼

정겨운 시가 되는 날이다.

마음연구소를 마흔연구소로 흘려들었다.

그런 적 없으신가,
당신은?

6 시는 여자처럼 미완성 기획이다

한국시에는 두 가지 창법만 있다.
이론의 여지없이, 서정주 류와 김수영 류.
아니라고들 하겠지 (아님 마시고) ^_^

원주시청 잔디밭에서 테너 색스는
〈울어라 열풍아〉를 불어제꼈다.
한국 재즈의 원형이라고 하면, 오해겠지.

이 밤이 새고 나면 나는 가네
원치 않는 사람에게로

자고 일어나니 그 사람이
그토록 원하던 사람이었었어
놀라운 통편집의 힘

네이버에서 헤프다를 검색해 본 날이다
그 말이 동사였음을 알게 된 것은 소득이다

어디 시 잘 쓰는 여자 없냐고 물어오던 과객에게 답한다.
그대가 말하는 시가 뭔지 말해주면,
나도 입을 열겠다.

모든 의미를 담고 있으면서 아무것도 담고 있지 않은 말.
그런 게 시라면, 나는 지지하겠다.

내가 불가피하게 섬기며 사랑하는 말
어불성설 語不成說

11월의 끝날.
11월은 순수문학이다.
사유의 완전성에 값하는 달이다.
신경증이 없다.

6 시는 여자처럼 미완성 기획이다

가끔은 아주 감미로운 시를 쓰고 싶을 때가 있다.

그 시를 내게 읽어주고 싶다.

첫 줄은 이렇게 시작하게 될 것이다.

때로, 때때로 보편성이라는 개념을 생각한다.

나는 그것으로부터 너무 멀리 와 있다는 생각, 생각.

내 생각만 하면서 '바삐' 살아왔다는 생각.

그러니, 그래서 나는 그대들에게로 가는 길이 없다.

그 길을 파기하느라 홀로 수고로왔던 일생.

나와 함께 했던 밤들, 시, 라캉, 지젝, 재즈, 소주는

보편으로부터

너무 밀리 떨어진 재 오로지 보편을 관망했던 나의 포즈.

내 집 마당에 쌓인 눈을 치울 때처럼, 가끔 나는 가련하다.

시는 쓰는 게 아닌가 봐. 그럼? 지우는 거지.

자기 혼과의 대화. 그 방식으로서의 시쓰기.

시의 독자는 그러므로 나의 시 앞에 있는 구체적 당신이 아니라,

나와 같이 시를 쓰고 있는 막연한 당신이다.

당신이 없다면, 시는 어떻게 쓰여지겠는가.

술에 취해서 누구와 잠자리를 했는지

기억나지 않는 것이 삶이다.

아니라고 부정할수록 삶은 삶의 본질에 다가선다.

그래서 부정된 자신의 드라마를 원본 없이 재편집하는 과정은

언제나 삶의 알리바이가 된다.

—슬라보이 지제그(의 말은 아니고)

나의 시는 시이자 산문이고, 열망이자 도발이고 즉흥이자 생활
이기를 바란다. 아마도 이 시집(어떤 시집?ㅋ)은 변방을 걸어갔
던 자신에게 헌정하는 책이 될 것이다. 비바람과 눈보라 휘날
리는 시의 뮤지컬이 될 것.

혹시 주변에 '외롭게' 글을 쓰는 사람 있으면,
나에게도 알려주기 바란다.

수염 기른 화가가 술자리에서 나더러
리버럴리스트라고 말했다.
내가 살고 있는 삶의 몽상성이나 비현실성의 농도를
가리키는 말로 접수한다.
그렇다면, 나는 그에게 감사할 따름이다.

시인의 잡담

뒤집어 엎어야 합니다.

맞다.

백기완 어르신의 어록이다.

세상은 뒤집어지지 않지만, 관념은 유지되어야 한다.

바닥에 고정되어서 전복되지 않는 술상은 얼마나 우리를

외롭게 만드는가. @ $%

재즈의 수도는 뉴욕이지만
시의 수도는 언제나 당신의 영혼 한복판이다.

시는 삶의 어떤 극단을 딛고 간다.
극단'만'이라고 썼다가 극단'을'로 고쳐써야 했다.

자크 라캉 읽기의 매력은 독자를 헷갈리게 한다는 것.
모르면서 아는 체 한다는 점에서 시와도 닮은 구석이 있다.

의미의 기득권에 봉사하는 것은 시가 아니기 쉽다.
그런 시는 사문서 위조의 수준이다.

스트레스도 가끔 보충해줘야 할 때가 있더라구요.

시인의 잡담

7

잘못 걸려온 전화에
감사할 것

겉이 속이다

개론이나 통사가 포괄할 수 없는 골목길 같은 존재.
그런 시인이 많아야 하지 않을까.
검색하면 일사천리로 끌려나오는 시인 말고!

할 수 있는 사람은 그것을 한다. 할 수 없는 사람은 그것을 가르치려 든다. 시를 가르치는 시인들은 버나드 쇼의 말씀을 새겨야 한다. 가르칠 게 아니라, 돌아가 그대의 시를 써라. 시를 가르친다고 나선 시인 중에 괜찮은 시인이 있다는 소리를 들어본 일이 없다. 지명타자가 안타 쳤다는 소리는 종종 들어봤지만.

단풍나무 곁에 차 한 대 서 있다.
아직 체온이 남아 있다.

여자들의 곁에는 남자라는 물건이 있다. 그러나
남자들의 곁에는 여자라는 환상이 도사리고 있다.

내 시의 운명에 대해 신경 쓰지 않는다.

시는 설명하고 남은 여백이다.
시는 매순간 삶을 밀고 나가는 언어의 몸짓이다.
의미가 아니라 의미의 뜨물.
시는, 좋은 시는 의미로부터의 도주다.
불가능한 것에 대한 도전이 아니라면, 누가 시를 쓰겠는가.

거리에 낙엽 자루가 쌓여 있다.
올해 낙엽농사는 괜찮아 보인다.

커피 한 잔 마시기 위해 삼십분쯤 걸어가서, 한 잔 마시고,
삼십분쯤 앉았다가
삼십분을 걸어오는 정도면, 커피를 좋아한다고 말해도 될 것이다.
혼자라는 것도 빠뜨리면 안 된다.
무엇을 좋아한다는 것이 대개 오해에 근거하고 있는 것은 아닌지.

파티의 뒷문이자 철학의 입구인 시월의 마지막 날

어떤 글은 읽고 나면 다른 글이 시시해진다.
시는 시나부랭이가 되고, 소설은 소설나부랭이로 보인다.
내게는 라캉이 그렇다.
이것은 함정이다. 어떤 삶도 이론적으로 살아지지 않는다.
라캉은 삶에 대한 이론적 주석이다. 라캉에 속지 말아야 한다.
속는 척만 하면, 행복하다.

마르셀 뒤샹은 예술작품을 창조하는데 시간을 보내기보다는 차라리 인생 자체를 예술작품으로 만들기 위해 노력하라고 말했다. 뒷골이 슬슬 당긴다. 차라리 시를 쓰는 게 쉽고 또 쉽다. 시처럼 살지 못한다는 자책이 시를 쓰게 한다. 에라이 샹. 이상같은.

문학상이 역설적으로 수상자에게 족쇄가 될 수도 있다. 사랑하는 사람이 사랑을 구속하는 존재가 되는 이치와 엇비슷하다. 문학상은 수상자의 문학을 한시적으로 공증하는 기능이 있다. 그러나 유효기간이 짧다는 것이 문제라면 문제다. 상이라는 것이 문학을 존속케 하려는 업계의 야합이라는 것도 참고되어야 한다. 상을 주는 주체들은 이 점을 잘 알기에, 배신당할 확률이 적은 수상자를 선택한다. 한 사람이 여러 상을 타는 것은 이런 이유에서이다. 노벨문학상의 수상자가 쉽사리 잊혀지는 것을 기억할 필요가 있다. 상금은 받되, 상은 사양하는 사르트르식 수상법도 괜찮을 것 같다.

당신은 고뇌(高腦)가 없어.

어젯밤 무실동 근처 단풍잎이 우수수 떨어졌다.
우수수와 우수는 혈족인가.
우수수가 형태라면, 우수는 상태다.
발밑에 우수수 떨어져 쌓인 제 잎을 바라보는 일은
나무의 우수일 것.

가을은 각자의 내수면이 억지로 깊어지는 시간이다.

글 속에서, 맥락을 초월하여,
자기를 발견하는 존재를 독자라 칭한다.
그래서, 글은 언제나, 어쩔 수 없이
독자의 거울상이 된다.

인간은 교육되지 않는다. 교육은 겉옷같은 것이어서,
벗어버리면 그만이다.
자기 안에 무진장한 야생.
인간은 날마다 자기 안의 자연을 만나는 존재인가보다.

비슷하면서 다른 것, 다르면서 비슷한 것
클라리넷과 알토 색소폰
다른 거야, 비슷한 거야? 어느 말이 맞나?

시를 가르치다
네 글자로 줄이면, 혹세무민
-- 속이는 일은 어렵지 않은데,
정말 속고 싶은 사람을 만나기는 쉽지 않다.

오늘은 어제가 아니다, 다른 날이다. 상처여, 진보하라.

'나는 왜 시를 쓰는가?'는 참 맹랑한 질문이다. 의심받아 마땅한 회의 자체다. 누가 물어오든 답은 응답하는 주체의 것. 나는 이러저러한 사정으로 시를 쓴다. 오, 망할 놈의 사정. 자, 그 선에서, 타협하자. 이 질문의 반대편에 도사리고 있는 질문은 참을 수 없게 우리를 억압한다. '왜, 너는 시를 쓰지 않는가?'

소설가 윤후명은 윤상규라는 이름으로 시를 쓰다가, 소설로 전업했었다. 요즈음은 그가 다시 시를 쓰고 시집을 낸다고 한다. 시라는 베이스 캠프로 귀환하고 있는 중인가. 그의 소설은 시적인 아우라로 인해 독자들의 사랑을 받아왔다. 그런데, 다시 시를 쓰는 연유는 무엇일까? 문인들은 대개 시-단편-장편-희곡으로 장르를 이동하지만, 그의 모천으로 돌아오는 경우는, 매우 희귀하다. 나는 거의 없다고 본다. 자기 시의 광휘에 손상을 주지 않는 범례가 한국 문단에 없다는 뜻. 윤후명이 모천으로 회귀하여 시의 품에 안기는 드문 예가 될 것인가? 먼 먼 산문의 뒤안길에서 인제는 돌아와 시 앞에 서는.

출근 직전, 자작 커피,
직전이라는 말이 내게 왔다.
살기 직전, 죽기 직전.

디바 안젤라 게오르규와 지휘자 정명훈의 만남, 한국 최초의 야
외극장 공연, 57만원에 이르는 VIP석 가격 등이 논란(놀랄)거
리다. 오페라 '라보엠' 태풍 볼라벤과 덴빈으로 공연이 연기되
는 등, 티켓 판매도 부진했단다. 연세대 노천극장의 공연 광경
이 원경으로 잡힌 사진을 봤다. 아리아 '그대의 찬손'이 불리어
졌던 것. 대한민국이라는 나라……. 너무 먼 그대들
의 찬손…….

올해가 시인 백석(1912~1995)의 탄생 100주년이 되는 해다.
그의 시 「흰 바람벽이 있어」에는

'사랑하는 것은 모두
가난하고 외롭고 높고 쓸쓸하니 그리고 언제나 넘치는
사랑과 슬픔 속에 살도록 만드신 것이다'
라는 구절이 있다.

가난하기도 힘들고, 외롭고, 높고,
쓸쓸하기는 또 얼마나 힘든 노릇인가.
그것이 탕진된 삶은 또 얼마나 끔찍한 재앙이다.
(위의 문장, 말이 되나? 된다.) '낯선 직관, 말랑말랑한 감성, 달
팽이의 더듬이보다 민감하고 사슴의 뿔보다 거추장스러운 자존
심을 받쳐들고 세상과 한판 붙어보려는 사람들이 아직도 멸종
되지 않고 지구 어느 모퉁이에 서식하고 있다는 사실이 눈물나
게 고마울 때가 있다. 넘치거나 모자라거나--철인과 광인, 연인
과 시인은 근본적으로 한통속일지 모른다. 어떤 제국에도 복속
되지 않는 자유로운 영혼, 눈매 깊고 말씨 순한, 지난 세기의 유
민같은 시인들을만나면 술 한 잔 정중히 대접하고 싶다'(최민자,
시인들, 「손바닥 수필」). 어디 이런 시인 있으면, 어느 저녁답 인

사동 이모집 쯤으로 쉬엄쉬엄 나오시게나.
(이건 오탁번 시인의 말)

시인은 그의 잡지를 폐간하면서
'내 이렇게 될 줄 알았다'고 편집후기의 첫줄을 적었다.

아내가 바람이 났다. 이웃도 다 알고 있다. 현장도 수차례 목
격되었다. 어쩔 것인가. 번민이 많지만 헤어질 수 없다. 자식을
생각해서도 그렇고, 주위의 시선 때문에도 그렇다. 곰곰히 생
각해보지만, 그것은 핑계에 지나지 않는다. 바람난 여자를 모
른 척 하며, 그냥 살고 있는 진짜 이유는 그래도 여전히 그녀
라는 환상을 사랑하기 때문이다. 아내만한 여자도 없기 때
문이다.
오늘날 시와 시인이 마주하고 있는 '우울증의' 한 판본

인생 뭐 있어, 라고 말할 때마다 삶은 비어간다.
이른바 정신의 골다공증

햇메뚜기 이마에 가을이 지나간다
철학은 잠시 접어두고,

잘못 걸려온 전화에 감사할 것

대관령국제음악제가 열리고 있는 대관령을 '음악없이' 넘어
간다.

매춘이 감소했다면,
그것은 물물교환 방식의 직거래가 증대했다는 사실과 비례한다.

『구보가 아즉 박태원이었을 때』는 소설가 박태원의 수필집이다. 그가 쓴 소설은 『천변풍경』『소설가 구보씨의 일일』 등이 있고, 월북해서는 『갑오농민전쟁』을 썼다. 한국판 모더니즘과 리얼리즘을 다 통과한 이 소설가에 관한 논문을 쓴 적이 떠오르네. 내가 아즉 대학원생이었을 때.

한국문학사에서 시인 김수영의 위치는 강신무가 아니라 세습무에게 길을 틔워줬다는 데 있다. 책 없이 아는 것이 강신의 세계라면, 책 있이 아는 것이 세습의 세계다. 세습무에게서 책을 뺏으면, 장님이 된다.^^ 강신무가 아니면서, 책 없이도 마구 쓰는 사람은, 에, 또 (뒷말 생략)

『내가 전화를 거는 곳』은
레이먼드 카버의 소설이다. 읽어보려고 메모한다.
캐롤 스클레니카가 작성한 카버의 전기
『레이먼드 카버: 어느 작가의 생』도 메모한다.
941쪽. 그렇게 쓸 말이 많은가.
나도 오늘 내 전기의 몇 페이지를 살았다는 말씀.
어딘가에 전화를 걸면서.

지하철에서 책 읽는 여자를 본 날이다.

비가 오니 몸이 해갈된다.

비오는 날 혼자 먹는 밥은 다 비빔밥이다.

시인의 잡담

길 가다가 우연히 나한테 무언가 배운 과거를 가진 사람을
만날 때가 있다.
가르친 거 없이 가르치고, 배운 거 없이 배운 죄도 있느니.
방학하면 호프 한 잔 하세요.
방학 했는데요.
그러니까요, 방학하면요.
방학하면, 연락하실게요!

철학자 슬라보예 지젝과
소설가 무라카미 하루키는 1949년생 갑장이다.
(양호한 노래 〈행복의 나라〉를 부른 한대수는 1948년생)
그래서?
그렇다구요.

2012년 6월 27일, 경희대학교 평화의 전당. 남대문에서 일만 원 주고 샀다는 바지를 입고, 잿빛 라운드 티를 걸친 슬로베니아 출신의 공산주의자 지젝이 등장했다. '정치는 무엇을 할 수 있는가?'라는 주제로 90분 정도 강연하고, 질문을 받는 시간을 가졌다. 그는 자기 이름처럼 쉬지 않고 지젝거렸다. 두 시간 넘게 상연된 지젝극장의 열도는 공산주의적으로 공평했고, 아름다웠다. 강연 끝나고, 회기역에서 자본주의 지하철을 타면서, 나는 지젝의 논조에 공감했다. 그러나, 나는 어쩔 수 없이, 좌회전 깜빡이 넣고 우회전하는, 분열하는 주체였던 것. 스타벅스 커피를 마시며, 아프리카 난민 걱정을 대신하는.

진부에서 대관령 구간 가는 비 온다.
비 오거나 안개 끼거나 바람 불거나 눈 오거나,
응축과 이완의 반복 구간.
대관령을 넘어갈 때와 넘어올 때 달라지는 것.

'먹고 살아야 하기 때문에'라는 말이 들려올 때마다,
어딘가 먹먹하다.
삶의 들이 더 황량하고, 넓어 보인다.
내 안에 웅크린 기갈이 눈을 뜨는 순간이다.
삶이여, 가난한 뇌를 닮은 나의 위장이여.

〈찔레꽃〉을 해금으로 들었다. 가슴이 찢어지는 듯.
내게 아직 덜 찢긴 여지가 남아 있었다니!
하여튼, 해금은 더러운 악기다.

이정화, 박인수, 장현, 김추자, 한영애, 장사익, 박완규는
신중현의 〈봄비〉를 리메이크한 계보.
오늘 강원도 원주 근방에 내리는 봄비는 어떤 추억을
리메이크하고 있느냐.

누구에게는 슬픔도 직업이 된다.

짜장면 먹을래? 짬뽕 먹을래?
우동 먹을래요.
대저, 인생은 이렇게 구성된다.

라캉의 『세미나』,
그것은 읽혀지도록 의도되지 않았다.
너희들까지 알 필요는 없고!

'시에 관한 모든 것'
그건 시가 아닌 모든 것이 되겠지.

4월과 5월 사이에 과가 있군.
누구도 당도하지 못하고 비껴가야 하는 섬.
뭐, 지금 거기 도착했다고?

봉사와 자원활동과 나눔.

봉사라는 말에는 일말의 우월감이 배어 있고, 자원활동에는 활
동 주체의 교만을 지운 흔적이 보인다. 반면에 나눔은 공동체적
인 진보성을 뽐낸다. 세 가지 말 모두 시대적 울림에 엮여 있다.
차량 봉사자는 차량 자원활동자, 차량 나눔이가 될 것이고, 그
것이 쑥스러워서, 차량 도우미가 된다. 도우미라는 말의 봉사를
받는 경우다. 성봉사자는 성 자원활동자, 성 도우미 또는 성 나
눔이가 된다. '나눈다'는 말의 언어적 평균치는 이런 의미론의
민주적 적막감에 도달한다.

좆도 모르고 송이 따러 간다는 말은,
내 유년기가 남겨준 시글픈 야만이다.
그러나 말이다, 인생이 뭔지 알고 살아가는 자들의 지루함보다는
모르고 돌진하는 것이 한결 싱싱하다.
모른다는 말은 그래서 언제나 무지 그 이상을
가리킨다.

꽃이 피다
꽃이 지다
피다와 지다 사이의
간주곡
연주되지 않은
카덴자

나는 오늘밤 또 한 발의 총알을 장전한다.

늙어간다는 것은 대도시의 살림을 접고
소도시로 옮겨가는 것이다.

그렇고 그런 사이들
작가와 독자, 정치가와 기권자, 시간 남는 사람과 그 일행들,
늙은 형사와 장기 수배자, 피아니스트와 넘순이, 라캉과 매니아
들, 보톡스 맞은 카페주인과 젊은 바리스타, 보험설계사와 계약
해지자, 시인과 어제 낮에 만났던 세탁소 여주인

나만 아닌 척,
나만 그런 척 하면서 나
르시시즘의 어두침침한 골목을 지나간다나.

며느리밑씻개라는 식물은 언제나 그것을 사용해보고
싶은 욕구를 자극한다
아, 밑이 있다는 것

주요 당선자 옆에 주요 낙선자라는 기사가 눈으로 들어온다.
'주요'라는 말의 뜻은 뭔가요?

비가 온다, 비. 비. 비
悲, 非, 碑, 飛, 匪, 匕, 費, 比, be
그대들이 다 나를 적시는 비였더냐.

센티멘탈리스트의 메모

등잔 밑이 어둡다
요즘 누가 등잔을 써요
비유가 통하지 않는 현실은 다 예능으로 전락한다.

지역방송 아나운서가 원주는 다른 지역보다 커피집이 많다는
말을 했다.
대저, 맞다. 커피집이 많다는 것이 커피 매니아층이
많다는 것으로 분석되지는 않는다.
보기에, 원주의 커피는 커피집 주인의 커피 사랑이지
시민들의 커피 사랑은 아닌 듯.
커피집의 수만큼 커피는 많이 소비되겠으나,
커피맛까지 소비되는 것은 아니라고 본다.
그러나 그럼에도 불구하고, 모든 영역이 언제나 그러한 것처럼
어떤 가수요는 어떤 방향을 만들어낸다고 보는 아침이다. 될
대로 되라.

무릇, 모든 예술은 상호 표절 관계에 있다.
표절의 흔적을 지워내는 정도가 오리지널리티를 결정한다.
내게 시쓰는 행위는 그러므로 내 시에 붙어 있는
남의 정신적 타액을 지우는 작업이다.
표절하지 않은 예술은 남자 없이 수태한 여인을
닮게 된다.

전공은 수만 볼트의 전류가 흐르는 전봇대 꼭대기에 매달려
있는 직업인이다.
감전사를 두려워하는 자는 창의에 도달하지 못한다.
안전빵은 감전이 없는 모든 상황을 가리키는 메타포다.
시는 시 말고는 위험수당이 없다.

총론보다 각론이 복잡하고 본부보다 지부가 어지럽다.
뭔가를 감추다가 미처 다 감추지 못한 현장을 들키고 있는
뒷골목 풍경도 이 때문.
사랑은 총론이지만, '사랑해'라고 말하는 것은 사랑의 각론, 즉
각개전투다.
세상 일은 총론으로 묶이지 못하는 각론의 전시장이다.

롤랑 바르트, 미셸 푸코, 레비스트로스, 자크 라캉을
구조주의 4총사라 부른다.
본인들의 생각과 상관 없는 명명이다. 한 명 더 보탠다.
그 1총사는 강릉시 연곡면에 위치한
카페 '보헤미안'의 주인
콩을 볶다 나오는 그의 얼굴은 '커피의 영도(零度)'에 도달한
자만의 표정이다.
여전히, 커피 밖의 세계의 구조가 낯선

음악은 개인적이다.
음악을, 잘 이해한다고 여겨지는 매니아들은, 공교하게도, 음악
바깥 인사들이다. 이게 소박한 나의 생각이다 그런데 시를 잘
이해하는 축은 다 문학 안에 있다. 이것도 소박한 나의 생각이
다. 음악과 시를 문자로 번역할 수 있다는 것과 그렇지 않다
는 것의 차이. 그것만일까?

시인의 잡담

서동금고에 그렇게나 수다한 시가 있는데, 여전히 시가 쓰여진다. 차마, 참아지지 못하는 시들, 그게 시의 운명이라면 나는 거기에 한 표. 그러므로 시는 완결태가 아니라 사랑처럼 현재진행형이다. 고기도 먹는 자가 더 먹는다고 금강경은 입이 아프게 전하고 있다. 시도 쓰는 축이 더 쓴다. 갈증은 갈증을 부른다. 하여, 시는 아예 손대지 않는 것이 좋다. 저 커다란 구멍에 자신을 송두리째 던지지 않고는 해결되지 않는 것이 시다. 결국은 남의 것이 아닌 제 것을 걸치고 싶은 것이 시의 진실이 아닐까? 내 것이 무엇인지 모르는 것도 시의 진실.

4월엔 시를 쓰지 마라.
그것은 한전 앞에서 촛불 켜는 것과 같다.

—이백의 2013년도 개정판 『시론』에서

시는 망했다.

잘, 알고 있어요.

그래도 시를 쓰겠느냐?

그래서, 더 시를 쓰고 싶어요.

니가 말하는 시와 내가 말하는 시가 다르다

그것도 알고 있어요.

친구라는 말이 남녀 사이를 위장하듯이
큰 차는 작은 차를 감추고
명분은 실질을 감추는 데 활용된다.
은행이 문을 닫고 그 시각부터 그들 본래의 계산을 하는 것처럼.
내부수리 중, 공명정대, 진실, 민주주의 등도 무언가를
끊임없이 감추고 있다.

내가 그대 이름을 불러주지 않아도
그대는 그 자리에서 하나의 의미로 완성되고 있는 도중이다.
누군가 늘 그대 이름을 불러주고 있다는 징후가
아니겠는가.
이하 블랙아웃.

슈베르트의 〈밤과 꿈〉, 파헬벨의 〈캐논〉을 한자리에서 듣게 된다. 그렇게 선곡된 저녁은 행운이다. 두 곡은 허영없이 들을 수 있다는 점. 음악인들에게는 서운한 일이 되겠으나, 그 수다한 협주곡과 교향곡은, 나 같은 잡동사니에게는 상당한 허영심을 지불하지 않고는 들어내기 힘들다. 대중의 허영이 문화를 일정 부분 공양하는 것은 틀린 이치가 아니겠다. 졸더라도 연주장에서 조는 인내심 말이다. 그 아까운 곡들이 소통되지 않고 흘러간다는 것은 아쉬운 노릇이다. 예술이라는 이름의 환타지는 그런 게 아니겠는가. 〈밤과 꿈〉을 밤에 듣고, 낮에 끄적이는 이 글. 그러므로 그대 이름은 백일몽이 되느니. 수리수리 마하수리 수수리 사바하.

에릭 샤티, 미켈란젤리, 글렌 굴드, 라두 루푸
거명만으로도 무언가 완성된다. 음악 말고.

책을 읽을 시간이 없다.
책'만' 읽을 시간이 없다.

브라질에는 출퇴근하는 감옥이 있다고 한다.
대한민국은 직장이 그 역할을 하고 있으니 그게 그거.

항복하세요는
행복하세요의 오타.
항복과 행복 사이에는 거리가 있는가? 없는가?
두 낱말이 심리적, 의미론적 동서지간이라는 것을 확인하기
위해서는
그대의 무의식에게 물어야 한다.

만주에 폭설이 내려서 고비사막발 황사가

연체되고 있다는 소식을 들었다.

만주라면, 북만주였으면 좋겠고,

가난한 시인이, 꼭 가난해야 한다,

독주가 훑고 간 위장을 쓸어안고 폭설의 가운데를

걸어갔으면 좋겠다.

가난은 정신의 청명이다.

위태로운 마음 안에서 물결치는 푸른 보리밭이다.

(몇 줄의 비약)

시는 그래서, 누구에게나 항상 지나간 미래가 아니었을까.

상식을 좇는 것도 통념이지만, 그것을 히무는 의식도 통념이다.

8

정신의 방위병

원주에서는 서울에 무언가를 놓고 왔다는 생각
서울에서는 원주에 무언가를 놓고 왔다는 생각에 시달린다.
그게 무엇인지 모르겠으니

전집이 한 작가의 작품세계의 완결을 의미하는 것이라면
회갑은 한 생이 완간되었다는 뜻인가?
전집에서 누락된 미발표 유고 같은 날들아

나도 모르게 완간되다니, 내 참 더러워서

세상이라는 텍스트는 너의 말과 나의 말이 사이좋게
따로 노는 꿈이다
어떤 방식으로든 서로의 말이 만나는 교차점이 없다는 것,
어긋날 수밖에 없는 순간마다
새롭게 만들어지는 틈, 말할 때마다 주체는 태어나지만,
그것은 고정되지 않는 실체다.
내일 만나서 커피 마시지요, 라고 말하던 당신은 누구인가?
그 당신이 '그' 당신인가? 가면을 벗으면, 알겠지만,
가면도 피로하다.
깨어나지 못해, 성가신 이 꿈밭.

누군가를 호명하는…… 그래서 마음보다 몸이 먼저 움직이는,
그래서, 아지랑이 '처럼'이 아니라, 숫제 아지랑이가 되어,
낯선 몸에 투항하고 싶은, 그리고 가끔 눈뜨면서, 반짝이고 싶은,
달달한 봄, 봄, 봄,
사랑이여, 외치고, 돌아보라,
거기, 함께 눈 마주치는 이가 당신이다.
아니 '나'라는 끔찍한 환영일 것
삶의 모든 증상이 환영이라는 데 한 표.

봄비 왔네. 이 대안 없는 촉감,
몸 안에 섬진강 매화 한 그루 피었구나.

젊은 날, 내가 미워했던 관용어구 두 개.
'다 그런 거지 뭐', '돈이면 다 돼'
지금도 그러냐고 자문해보는 일은 없다.

산전수전 다 겪은 사람 앞에서 시를 토론할 때마다
내가 하릴없는 정신의 방위병이란 생각이 든다.

기쁨을 기쁨으로 보지 않고, 슬픔을 슬픔으로 읽지 않는다?
최고점과 최저점을 버리는 채점방식처럼, 삶의 모든
비등점을 외면하는

민노당, 지방 협객, 진보당, 친북좌파들을 따뜻한 눈으로 응시한다.

그들의 생각이 아니라,

그들의 생각이 작동하는 방식과 발기력을 주목한다.

그들의 존재가 나 같은 맹물을 허름한 보수주의자로

매김해주기 때문이 아니라

보수주의가 아닌, 보수적 욕구에 시달리는 삶의 순간을

뜨겁게 지져주는 체온이 있기 때문이 아닐까.

진보는 분열해서 망하고 보수는 부패해서 망한다는

한국정치사회적 속설들은, 서로가 서로를 비추는 거울이다.

진보는 언제나 나의 아픈 곳을 지적하고, 보수는 나의

더러운 곳을 진열한다. 우리의 진보나 보수는 서로의 결핍을 감

추는 시늉이다.

차라리, 관념적인 극좌가 소슬한 시대다.

문득, 홍매화의 약전(略傳)을 쓰고 싶은 날
추사가 70세 병중에 썼다는 청담동
봉은사의 판전 현판을 떼어 들고
어서 집으로 돌아가자

봄은
맨발로 뛰어다니는 발정난 형용사에
헌신하는 동사다.

여기까지인가, 여기서부터인가를 물어야 할 때가 있다.
우연히 길에서 첫사랑을 만났을 때.
커피 한 잔 하실래요?
좋아요, 커피만.

누구나 시를 쓸 수 있지만, 아무나 시인이 될 수 없는 경계.
시인이라고 다 시인이 아니지요
라는 말을 들을 때마다 뭔가, 아득해진다.

알 권리가, 모를 권리까지 함부로 건드린다
시스템을 통해, 알고 싶지 않은 것을 정보라고 들이댄다.
그것을 뉴스라고도 부른다.

시가 예술이라는 이름으로 포장되기 위해서는 많은 공력이 필요합니다. 그러나 그런 포장 이전에 시는 삶이고, 언어입니다. 아니 정확하게는 언어에 묻어 있는 삶이라는 말이 옳겠습니다.

시인의 잡담

오라토리오를 듣는다기보다 그것이 울려나오는 시간을
벗삼아 길게 눕는다.
생각도 따라서 길게 눕는다. 김수영의 「풀이 눕는다」는
어떤 소설가에게 도착해서는
『풀잎처럼 눕다』라는 문장을 낳는다.
눕다는 뒤에 모음을 만나면 누워와 같이 변신한다.
ㅂ은 사라지는 것이 아니고,
모음 속에서 길게 누웠다.

회개의 현실적 버전은 회계
일반언어로는 장부 정리

충청북도 제천시 백운면 애련리
이런 주소도 있다
애련을 아련으로 고쳐 읽는 이도 있다, 나.

아난다여,
그대는 내 말을 믿지도 않지만 잊지도 않는구나
그래서 나는 그대를 내 말의 본적지로 삼는다.

8 정신의 방위병

한 짝 발을 물 위에 딛고, 그 발이 물에 빠지기 전에
얼른 다른 짝 발을 딛으면, 물 위를 걸을 수 있다.
나는 오늘 맨발로 한강을 걸어서 건넜다.
한번 해 보시라.

외로움 아무것도 아쉬운 것이 없을 때 찾아오는 낯선 손님

미당을 '시의 정부'라고 부른다.
'부활'의 김태원은 시나위 계열의 임재범을
'락의 임시 정부'라고 명명했다.
그대는 누구의 임시 정부인가!
(징부의 어순이 바뀌면 부정이 된다.
모든 말은 그 안에 자신을 감춘다 아니 포함한다 아니 드러낸다.)

하루쯤, 풍경 속에 몸을 맡겼다가 다시 빼내는 일
강원문학축전에 참가하느라, 내설악의 11월을 살고 왔다.
어떤 나는 아직 거기 있는 모양이다.

진실은, 진실이라는 이름으로 더 많은 거짓을 감춘다.
진실보다 더한 진실과 거짓보다 더한 거짓.

남자는 속지 않는 척 하면서 속고,
여자는 속는 척 하면서 속지 않는다.
이것이 남자와 여자 '사이'에 개입하고 있는 리듬이다.
서로가 서로에게 사무치지 않고 넘치지 않으려는 모
든 레토릭.

8 정신의 방위병

치악산 높이는 1288미터. 비로봉에 이르는 등산로는 여섯 개. 구룡사 코스, 입석사 코스, 관음사 코스, 보문사 코스, 영원사 코스, 성남(상원사) 코스, 부곡리 코스 등이다. 한때 종주하고 싶던 생각은 여직 꿈으로 남아 있다. 아쉽고녀! 박영석은 안나푸르나에 자신의 루트를 만들려다가 돌아오지 않고 있다. 무산소, 세르파 없이 등반하는 알파인 산행. 문학도 길이 없는 곳에서 길을 찾는 박영석의 등로주의와 같다. 국립공원에서 만들어 놓은 계단과 밧줄을 잡고 오르는 등정 말고. 헐떡이며, 실종되며, 돌아오지 않을 수도 있는 길. 제대로 실패할 것을.

시인의 잡담

『분노의 포도』의 작가 존 스타인벡이 살던 집이라는 얘기를 듣고 그 집을 점유하고 살았던 미국인 집주인은 '그래서요?'라고 반문했다. 성북동에 있는 수연산방은 1930년대 소설가 이태준이 집필하던 거처인데, 찻집으로 이용되고 있다. 이 집이 상허의 집필 공간이었다고 말하면 집주인은 뭐라고 말할까? 역시, 그래서요? 우리나라 작가들의 집필공간은 대부분 멸실되었다. 없어질만 하면 없어지는 거지, 어쩌라구? 허먼 멜빌의 부고란에 '전에 작가였던 인물'이라는 말이 눈에 든다. 이 말의 문형은 '전에 부동산 업자 였던 인물'과 같다. 물오리떼에게 시를 낭독해주었다는 전직 시인 푸슈킨. 모든 직업은 전직이다

나의 시집 『본의 아니게』는 공식적으로 2011년 10월 31일이 출생일이다. 물론, 시집과 관련된 제반 작업들은 그 이전에 다 완결되었다. 시집 원고를 출판사에 넘기면서 시인의 일은 다 끝나는 셈인데도, 시집이 서점에 깔린 뒤에라야 시쓰기가 탈고된다. 그 이전까지는 뒤를 보고 밑을 닦지 않은 것과 같다. 시집 후의 적막 같은 여운이 남아 있다. 그것은 시인만의 것이다. 시인에게 부과된 어떤 고지서다. 이 기간에 시 청탁을 받는 일은 힘들다. 산후조리도 끝나지 않은 임산부가 금세 회임하는 이치와 같은 이치다.

가로수마다 커다란 자루 하나씩 달고 있다. 자루에는 잎들이 가득 담겨 있다. 나무의 일년 농사다. 나무의 수확 혹은 수학. 잎 떨군 나무에서 욕망의 극소화를 본다면, 떨군 만큼 봄에는 또 잎을 만들어야 하리라. 반복과 차이, 생성과 소멸, 버림과 얻음. 잎들의 귀환. 나무, 아미타불.

넘버 나인. 1971년 전후, 강릉에 있었던 고전음악감상실. 그 시절, 머리에 헛물 든 친구 치고 거기 드나들지 않았던 축은 없다. 거기가 강릉 청춘들의 화려하고 난감한 해방구였다. 돌이켜 보면, 내게 남은 것은 음악이 아니라 음악적 소음과 담배연기와 소근거림과 어쩔 수 없는 지루함이다. 내가 20대에 어디에서 시간을 축냈는가를 생각하면서 나를 의심할 때가 있다. 그 시간이 다시 오면 나는 그렇게 살지 않겠다. 그 시절 그때가 다시 오지 않는다는 사실은 더 고마운 일이다. 라디오에서 새는 잡음 하나도 정겨울 때가 있는 것은 옛날의 그 음악공간이 내게 남긴 인연이다. 언어가 흔적이듯이, 음악도 나의 흔적이다.

8 정신의 방위병

느낄만 하면 체위를 바꾸는 남자를 여자는 싫어한다.
이것이, 자신만의 에로티시즘을 갖지 못하는,
한국문학사의 한 장면이다.

10월이 하루 남았다.
성가신 감정노동도 하루치 남았다.
공연과 음란 사이에 하루쯤 정서의 비무장지대를 설치하고
싶은 날인가.
골목길 사각지대에 고백된 토사물들이 주인을 찾는
날이기도 하다.

쓰고 싶어 쓴 시가 쓸 수밖에 없어서 쓴 시를
능가하기도 한다.
절박성이나 진정성과 눈이 맞지 않았다는 요행을 누렸기 때문
이다.

2011년 10월 19일, 그날은 수요일이었넌가, 일곱번 째 시집 『본의 아니게』가 만추의 형태로 내 마음 중심에 도착했다. 가을에 시집을 내고 싶었던 감상적인 열망이 성취되는 순간이었다. 금년도 단풍은 유난히 곱다. 고와야만 한다. 왜냐하면, 내가 6년 만에 시집을 내는 시절로 선택한 계절이기 때문이다. 나는 혼자, 한국시의 어떤 지점을 지나갔다. 그 지점은 한국시가 가공하지 않고 버려둔 혹은 한국시가 뜯어먹다 남겨 놓은 초라한 영역이다.

시고, 나발이고, 다 헛소리인 줄 알면서……

독자 어떻게 구절초와 쑥부쟁이와 벌개미취를 구분 못하세요,
시 쓴다면서.

시인 유구무언입니다.

독자 반성하시지요.

시인 넵. 시는 구절초와 쑥부쟁이와 벌개미취를 분간하는
것이라고 생각합니다만, 더 행복한 시는 그런 구분을 아예 뭉
개버리는 것이라고 믿지요.

독자 흥!

두통, 치통은 지나가는 것이지만, 생리통은 자꾸 돌아온다.
외로움이라는 졸개들을 거느리고.

'글썽이다'는 동사다.
'서글프다'는 '슬프고 허전하다'는 의미의 형용사다. 그런데,
왜 동사처럼 다가오는가?
사는 게 서글픈 사람들에게 질문으로 남겨 둔다.

사랑하는 척만 해주세요.
사랑스럽지만 무서운 말이다.
요금을 지불하지 않고 톨게이트를 통과할 수 없다.

여름이 끝나고 가을이 왔다. 긴 밤들이 기다리고 있다. 단풍처
럼 잘 익은 우울증도 기다리고 있다. 피아졸라를 듣는 시간이
왔다는 뜻도 된다. 낭만주의와 고전주의 사이에서 잠시 방황하
게 된다는 뜻도 된다. 꿈과 현실의 경쟁에서 패배하는 쪽은 꿈이
지만 현실은 늘 자신이 이겨낸 꿈을 부러워한다. 그것은 순수문
학과 대중문학이라는 순진한 이분법을 닮고 있다. 서로 외면
하고 있지만, 어딘가는 내통하고 있는. 외면할수록 뜨
거워지는. 달아오를수록 멀어지는.

동대문역사문화공원으로 가는데,

4호선 지하철의 안내 디지털이 계속 '동대문'으로 나왔다.

의심없이, 그걸 쳐다보다가 충무로까지 와서 다시 돌아왔다.

한 정거장 더 가서 돌아온 것이다. 멍청이.

누군가 '지금, 여기'라고 말할 때 조심할 것.

시가 아닌 곳에 시가 있다면, 풍류가 아닌 곳에 풍류가 있다는 식의 선가의 말이 맞겠습니다. 삶을 포기하려는 순간, 삶이 선명해지지 않을까. 마치 시를 작파하고 싶을 때마다 시가 찾아와서 손을 잡아주는 그 미칠 것 같은 유혹. 시 쓰고 싶을 때가 있듯이, 시 그만 쓰고 싶을 때가 이제, 내게도, 벌쭘하게 찾아온다. 시는 미학이지만, 그 미학은 미안하지만, 삶이 빚어 놓은 빤스 같은 미학이다. 미의 인상은 어딘가 그렇다. 시가 선택한 언어는 순수하고 절대적일 수 없다. 말은 어차피 내것이 아니다. 급한 대로 옆집 것을 빌려다 쓰는 수저 같은 것. 누군가의 입술 지문이 남아 있는 수저. 시 쓰는 일이 그렇다.

에두아르 마네의 「풀밭 위의 점심식사」를 보면,
정장 차림의 신사와 올 누드 차림의 여자가 자기의 삶을
화폭에 올려 놓고 있다.
누드를 바라보는 시선은 소설가의 것이고,
발가벗은 여자는 시의 알몸이거나
알몸의 시다. 아니 대놓고 시다.
소설이 관찰이고 시가 투신이라면 나는 응답하겠다.
과꽃 한 편이 수런거린다. 나는, 그대에게 투신한다.
이게 나의 시였다.

정전이 되는 순간, 빛이야말로 이 세상의 소음이었음을 알았다.
당신은 그날 그때 어디서 정전되었는가?

My Name is Nobody
번역이 필요 없지만, 몸에 맞춤한 말로 옮겨 놓는다.
나는 좆두 아니에요.

홍상수 영화 〈북촌방향〉이 떴다.

홍의 영화는 그게 그거 같다면서 식상해하는 사람들도 있다. 나는 홍상수의 지리멸렬한 화면이 좋다. 이렇다 할 스토리텔링이 없다는 것도 좋다. 삶에 대한 같잖은 해석력이 포함되어 있지 않아서 더 좋다. 그의 영화는 그의 제목처럼 '잘 알지도 못하면서' 살아내는 삶의 백일몽에 대한, 야한, 찌질한, 일상적인 까발림이지만 천한 폭로는 아니다. 현상이 잘못된 필름 같은 그의 영화가 온갖 삶에 대한 레퍼런스를 백지로 돌려놓는다. 한국문학이 참조해야 할 대목을 생각한다. 내게 영화는 홍상수가 찍은 것과 홍상수가 찍지 않은 것으로 대별된다.

걷는 것은 걸음의 교차운동이지만 그보다 사유의 호흡이기도 하다. 이것저것 머리에 담고 혹은 다 벗어 놓고 목적도 없이 걸을 때 몸과 마음은 서로에게 찰랑대는 다정한 물살이 된다. 오늘은 한강 특집이다.

어떤 계간지 편집위원이 전화했다. 가을호에 실린 산문의 원고료를 받았냐고 물어왔다. 혹, 못 받았으면, 자기 돈으로라도 지불하겠다고 말했다. (자기가 잡지의 제작자도 아니면서) 글쓰면서 나는 그런 순정을 본 적이 없다. 갑자기, 그 몇 푼의 원고료를 독촉하고 싶어진다. 그런데 이미 다 받은 것 같은 마음은 뭔가 싶다.

삶이 출렁거릴 때마다, 헤매는 기술이 는다.
구룡사 입구에서 초가을 입고 서 있는 부도들, 그대여.
헤맴이 완결된 그대여, 그대의 인간적인 기술에 절.
서글픔을 투명하게 우려내는 덤덤한 기술에도 절.
백팔배 하다가, 나는 우뚝 섰다. 우선, 나는 배가 너무 나왔군.

독도는 서도와 동도 그리고 89개의 부속 섬으로 구성되었다.
괭이갈매기의 서식지이자 근본주의적 외로움과 바람의
기지이기도 하다. 생활은 없고 생활의 배타성만으로 편집된 섬.
애잔하고 생뚱맞다.
누구나, 우리는 독도다. 여든 아홉, 구십, 구십 하나
세다가 죽어갈 것이다

피아노 건반을 보면 아무거나 눌러보고 싶다
어떤 소리가 울려나올까?

무심코 눌린 건반이 자아내는 잔상들
추억이 있는 한 당신은 나의 남자요

과거는 원음대로 재생되는 것이 아니고
반음 높거나 반음 낮게 울려오는 도착적 음원이다.
그래서 당신은 마음 놓고 남 몰래 회상이라는 건반을 누를 수 있다.

우리는 피치 못하게, 아니라고 할 수 없이, 미필적 고의로 남의
건반을 누르고 있거나 복면한 누군가에 의해 나의 건반은 눌려
져서 질식 지경이다. 마음을 모으면 몸이 된다. 몸은 음계
다. F단조 같은 사람이라고 자신을 규정한 글렌 굴드의 말
이 떠오른다.

덥다고 생각하니 덥다.

견딜 만 하다고 생각하니 열밤도 견딜만 하다.

선적(禪的) 시선으로 보자면 못 견딜 것도 없고, 견딜 것도 없다.

더워, 할 때마다, 그 사람 얼굴을 한 번 쳐다보자, 그냥.

그 싸람이 덥지 않던가?

우리나라에서 올림픽이 열리고 올림픽이 시들해졌다.

우리나라 사람이 노벨상을 타고 나서 노벨상이 시들해졌다.

우리나라 사람이 유엔사무총장이 되고 나서 유엔이 시들해졌다.

나와 같은 학번들이 정계와 재계와 학계를 하다못해

밤거리까지 주무르면서

자연스럽게, 무엇인가 사라졌다.

허전한 채로 살았는데, 그게 꿈이라는 걸 알았다.

다른 얘기지만, 꿈은 이루어져서는 안 된다.

그건 꿈이 아니다.

어떻게 지내세요?

9

자, 그러면
내내 어여쁘소서

'사랑했지만'은 '살아봤지만'으로 등치되는 정염이다.
무언고(無緣故) 묘지 같은,

시는 삶을 입는다. 베껴脫copy 입는다.
삶을 벗어버리기 위해 입는 에크리의 무늬
입는 것은 잃는 것, 앓는 것도 된다.

필경사 바틀비라면,
'그렇게 안 입고 싶다'고 했겠으나,
시는 항상-이미 시인의 수중을 벗어난다. 그래서
시는 요염하다.

인간은 그 개성에 맞는 사건을 만나게 마련이다.

—무코다 구니코(1929~1981)

원주시 만종리를 지나가면 보통리를 가리키는
교통 표지판이 뜬다
보통은 소화하기 힘든 개념이군.

보통시인이 쓴 보통시를 보통의 독자가 보통의 교양으로 읽고
보통으로 받아들이는 하루

자장면 시킬 때처럼, 선명하게 보통을 만났으면 좋겠는데,
보통은 언제나 자신의 용량을 밑돌거나 초과한다.

보통으로 주세요. 보통,
언표의 형식에만 얹혀 있는 보통

당대가 나를 울린다.

하지 뒷날 오는 비가 손님 같군
단지, 무소식을 전할 뿐인 비, 비, 비

한여름에 가을호 청탁을 받았다.
그 순간, 한 권의 가을이 지나갔네.

꼴리는 대로 쓴 시가 아니라,
시이기 때문에 꼴리는 시를 보고 싶다(김정남)는
문장이 눈에 들었다.
어느 쪽이 되었든 간에 꼴린다는 개념은 시를 서게 민들지만,
문제는 거기에 있는 것이 아니라. '헛'꼴리게 만드는 시가
문제다.

카운터 테너에 실려온 유월 첫날
연구실 열쇠가 없어 문 밖에서 서성대다가 조교에게
열쇠를 건네 받고 입실했다

서성이던 순간들!

청계천에서 창포를 본 뒤
창포를 확실히 알게 되었다.
그 전에는 창포도
나를 알아 보지 못했다.

저 사람 알어?

몰라요

모르긴 왜 몰라!

(알긴 뭘 알아)

((질문자나 답변자나 대책 없이 외로워지는 순간이다.

안다고 아는 것이 아니듯이, 모른다고 모르는 것이 아니다.))

사랑하는 당신은 나만 모르는 당신이다.

참말을 참말로, 거짓말을 거짓말로 아는 한,

당신은 정신분석학 쪽 언어로 바보가 된다.

시가 오면 시를, 영화가 오면 영화를, 구스타프 말러가 오면 말러를, 이웃집 아저씨가 오면 아저씨를 응접하면 된다. 징징댈 일이 아니다. 예술의 각 국면도 중국집 회전 테이블의 논리가 실행된다. 그러니 인연에 응하되 들러붙지는 말 일이다. 문학이 좌절하면, 그 옆에 지팡이 깊은 문학이 또 나타나지 않겠는가. 마치 문학인듯이 그 유사물이 그대를 위로하겠다. 꿩 들어갈 자리에 닭 들어가도 맥락이 달라지지 않는다는 것을 꿩들은 알까? 시가 사라진 그 자리의 이면이 궁금하다는 뜻. 미래는 선취되지 않기에 도도하게 상영되고 있는 '바로 지금'이 오지 않은 그날이다.

시인은 소신껏 마시고 소신껏 취하고 소신껏 행동한다
소설가는 소설껏 마시고 소설껏 취하고 소설껏 행동한다
차이는 없다 굳이 차이를 색출해보자면
시인은 환상을 현실로 보고
소설가는 현실을 환상으로 번역한다. 그래서
두 부류는 각자 다른 데서 엎어진다.
하나는 현실이 없는 곳에서 다른
하나는 환상이 없는 곳에 처박힌다.

나의 직업은 누구처럼 시라고 말하지 못하지만,
하루 벌어 하루 먹고 산다는 점에서
나는 하루살이 시인이다.

자작극

밥도 되지 않고
떡도 되지 않고
세상에 도움도 되지 않고
소용 없는
헛수고만 하다
가고 싶은 큰 꿈을 가진 사람도
있겠다

해발 8848미터 세계 최고봉의 산을 칭하는 이름이 많다. 에베
레스트, 사가르마타, 초모룽마, 주무랑마. 이름이 그렇다는 뜻.
네팔 음악 '사가르마타'를 한번쯤 들어볼 일. 자본주의 정서
가 하수구처럼 느껴질 수도 있으니, 극 조심.

비 오는 수요일, 한 주일의 한가운데, 생의 한가운데에서,
원주시청 앞쪽으로 좌회전 신호를 받다.
어제 오셨던 붓다가 지나간 자리
새 잎들 저절로 환하여라, 어제
반쯤 성불했으니, 나머지는 또 내년에 -.-

지나간 5월 6일 금요일은 입하.
입춘, 입하, 입추, 입동을 4립이라고 한다.

이 날을 위해 무언가 해야 할 것 같다.
그게, 뭘까, 싶다.

늦벚꽃 활짝 핀 길을 간다. 그 길은 꿈이다. 언어다. 맥락이다.
말과 말 사이의 틈이다. 꽃과 잎 사이에 숨어 있는 연등. 어디 와
계신가, 붓다여, 내 마음이 부처라면, 오늘 나는 꽃 피는 부처였
구나. 한 번도 속세를 흐르지 않은 물소리에 젖어서 내 몸 안에
돋은 한 잎 새 순. 나의 유일한 현실은 꿈이다. 그래서 자주, 자
꾸 꿈속으로 깨어난다. 그때마다 나는 상처 난 얼굴로 피어난다.
저 늦벚꽃처럼 더 몽롱했으면 좋겠다. 아시지요? 알
긴 뭘 알어, 운전이나 똑바로 하세욧. ㅋ

내가
없을 때마다
나는 쉰다

어디 갔니?
가엾은
나

행복하지 않다고 불행한 것은 아니다
불행하지 않다고 행복한 것도 아니다
삶은, 순간순간 위조될 뿐이다

무실동 일각에 달이 뜨고 벚꽃이 휘황스럽다. 이런 밤에 그냥 잔다는 것은 자신에게 누를 짓는 일이다. 그 또한 봄밤의 업이겠다. 먼 별에서 달려와 급 제동한 듯, 주먹구구처럼 허공에 떠 있는 목련 한 채. 시를 지을 것이 아니라 시 속을 산보하자. 시를 지고 갈 일이 아니라 안고 가자. 남원주 톨게이트를 나와서 여여히, 달빛에 묻어서, 내게, 그대가 왕림했다는 소식. 시여, 한 잎의 떨림이여. 시의 잎술 ^.^

갑자기, 중국에 가고 싶다. 누구는 유럽이 좋지 않냐고 속삭인다. 거긴 돈도 시간도 많이, 많이 든다. 오페라나 커피에 관한 책을 쓰자고 하면 모르겠지만, 내게는 중국이 좋다. 나는 가도가도 끝이 없는, 그것만이 아닌 휑한, 내 시선에 포착되기 이전의 실재, 그게 감동이다. 감동이라, 그 또한 공한 명상이지만. 가도가도 결론이 없는 공간에 서면, 내가 거기서 왔다는 확신이 서고, 아무 곳에서나 발뻗고 한바탕 울어도 좋을 것 같다. 중국 술 반병쯤 나발 불고 취해서 울면 천지가 진동하지 않을까. 울음이 리드미컬하겠다. 박지원이 울기 좋은 터라고 봐둔 곳을 찾게 되면, 약도를 주겠다. 각자 알아서 우시도록. -.-

그걸, 시라고 쓰고 계시는 거지요? 지금. 동네 개도 조합할 수 있는 언어더미를 놓고 시라고 쓰시면, 우리 같은 일반인은 어떡하라는 말입니까? 선생님은 시를 오해하고 계신 겁니다. 싸구려 시창작법은 시를 비유의 덩어리로 가르치고, 감정이나 생각을 의탁하는 그릇으로 가르칩니다. 함축이나 언어의 세공도 시라고 들이댑니다. 이제 독자는 속지 않습니다. 맛대가리 없는 시는 이제 사절입니다. 지금까지 선생님의 시를 아껴 먹었던 지인독자로 말씀드리는데 제발 그따위 시 좀 집어치우세요. 있잖아요, 언어도단, 그 너머. 말이 아닌 채로 뒹구는 그 말의 시뻘건 육체들. 모르시겠다구요. 그럼, 당신의 언어를 부숴버리세요. 슬픔, 원샷, (~.^)

가끔, 나는, 나도 모르는, 모르기만 할 뿐만 아니라, 책임질 수 없는 말도, 마구, 내지르는 내가 어이없고, 기특하다. 그게 나의 장점이라면, 나는 수긍하겠다. 나는, 나만 그런가는 모르겠으나, 수긍할 수 있는 범주 안에서, 수긍을 위해 사는 게 아니라, 도무지 수긍할 수 없는 어떤 네거티브를 지향한다. 그래서 그런가, 나는, 모든 해피 앤딩과 체제가 지지하는 미덕을 일종의 음모로 본다. 나는 불발로 끝난 음모이자 파탄을 내장한 플롯이다. 언어에 담기지 않는, 끝내 언어에 격의(格義)되지 않는 사(事)와 물(物)을 어찌해야 하나. 잠시만 나는 언어라는 기표를 의탁하고 산다. 그것이 그것이 아닌 줄 알지만 다른 뾰족함이 없기 때문이다. (--^)

시인 한 방울 올림픽대로로 스몄다. 나 없는 사이 개나리 활짝 피었고, 목련도 수인사를 건넨다. 7호선 전철에서 내리니 어둠이다. 어둠발 사이로 떠가는 딸년 또래의 젊은 여자를 보고 (무심코) 엄마!라고 부를 뻔했다. 무심코에는 이유도 근거도 주석도 논리도 없다. 마음이 없다지 않은가. 봄밤을 핑계로 이렇게 목이 메고 싶을 때가 왔다. 아름답고 착한 시는 말고. 치명적인 시 한 편 쓰거나 읽고 싶다. 어리버리한 존재 전체를 확 밝힐 수 있는 초절정 언어의 스위치를 누른다. 이 저녁에는 천천히 흘러가서 닿고 싶다. 그게 당신이었으면 좋겠다. 내게 버림받은 나였으면 더 좋겠다. 일찍 떨어지는 목련이 허공에 딱 멈춘 별쇄본 봄밤! -.,-

고전은 누구나 읽어야 할 권위를 지닌 책이지만 아무도 읽지 않는 책이다. 어떤 외국 소설가는 이렇게 말했다. 고전은 '지금 읽고 있는' 책이 아니라, 언제나 '지금 다시 읽고' 있는 책이라고. 파우스트를 지금 읽는다고 하면 교양을 의심받을 수 있기에 '다시' 읽는다고 퉁친다. 사랑스런 위선이다. 모든 책은, 영화는, 그림은, 심지어 삶조차 '다시 읽혀야' 할 무엇이다. 처음 읽으면서 다시 읽는다고 하는 것은 유치한 앞가림이지만, 다시 읽기는 언제나 처음 읽기다. 진정한 반복은 없다. 반복은 다시 겪는 처음일 뿐이다. 들었어도, 읽었어도 그 속에서는 다른 울림이 튀어나오지 않던가. 낯익지만 낯선 이 순간.

세잔 모멘트, 일기일회, 단 한 번의 생, 단 한 편의 시,
단 한 편의 ^^.

내 몸을 내가 볼 수 없어, 거울을 보고, 착각하듯이, 아, 저렇구나, 하는 오해의 진실. 내가 산 살림을 객관화할 수 없어 우리는 영화를 본다. 액자 속에서 실감 나는 삶. 직접 본 풍경도 사진 없이는 존재하지 않는다. 현실과 허구가 자신의 자리를 맞바꾸는 지점이다. 틀에 넣지 않고는 확인되지 못하는 인생이라는 이름의 추상. 격의가 그것이 아니던가.

오늘밤, 나는, 그래서, 나의 하루를 꿈이라는 액자에 끼워 본다.

시를 주어로 모시고 있는 술어들: 고결하고, 높고, 외롭고, 가난하고, 뜨겁고, 따뜻하고, 더럽고, 부수고, 맑고, 철학적이고, 개방적이고, 외설적이고, 혁명적이고, 고집스럽고, 빈정거리고, 통렬하고, 은근하고, 독불이고, 개뿔이고, 나발이고, 에로틱하고, 순결하고, 여기이자 저기이고, 너이자 나이고, 절제이고, 터짐이고, 상처이고, 축제이고, 입맞춤이고 몸맞춤이고, 자위이자 울음이고, 그대이자 그대 너머이고, 나이자 나의 빈 자리이고, 꽉 찬 여백이고, 더 이상 말로는 할 수 없는 것이고, ^_^

2011년 3월 12일 토요일 오후 다섯시. 원주시 단구동 토지문학공원. 망설임처럼 돋은 산수유 열매들이 봄저녁에 부풀고 있었다. 오랜만에 가는 길이라 더듬거리며 찾기긴 빅경리 선생이 살았던 2층집. 시인으로서 무슨 말을 하겠다고 나서긴 했지만, 봄저녁의 강화(講話)는 말과 말 사이가 너무 허접한 간극을 만들기만 했다. 시는 말하는 순간 태어나면서 그 자신의 자취를 지우는 모양이다. 그날 그 자리에 앉아 있었던 인연들. 그 형식이 시였다고 믿는다.

시인의 잡담

사랑해, 라고 말하면 사랑해, 라고 되돌아오는 말은 메아리다.

메아리는 지향성이 없는 대신 공명하는 힘이 있다.

화자 자신을 흔드는 힘.

날마다 망해야 한다. 그래야 난파된 자기 서사와

대면할 수 있다. -.,-

만해촌 풍대리에서 잘 놀다 갑니다.

놓고 갈 것이 없어

다 가져갑니다.

2011. 1. 29.

아무도 날 찾는 이 없는 외로운 이 산장에……

이 문맥의 아무도(somebody)는 모두(everybody)를

포함하는 말이다

아무도를 누구도(nobody)로 대체할 때 수신자는 특정인

(the man who)이 된다

대저, 인류라는 산장은 비어 있을 틈이 없다는 게 언어학적

진실이다

—외로울 때는 산장이 만원일 때 뿐이다.

바둑판에는 하수가 있지만 사는 판에는 하수가 없다.

내가 오랫동안 공들여 키운 건 딱 하나
저 드넓고 도도한 변방이다
또 있네
착한 어스름
어린 빗방울
눈보라
와, 또 있네
당신의 침묵도 내가 키웠어
첩첩산중에 쌓인 적설은
내가 끝내 손대지 못한 외로움이있어
오늘 여기 다 소집한다
바람 불어라
바람 불어라
변방이 환하도록 씽씽 불어라

당신이 나한테 해 준게 뭐 있는데? 이런 질문은 아득한 에코를 자아낸다. 관계성의 상호 무화가 일어나는 순간이다. 살면서 늘 걸려드는 대목이다. 무얼 얼마나 교환했냐는 물목과 분량의 문제가 아니라는 것은 다 안다. 받고도 받지 않았다고 여기는 허기가 있고, 받지 않았음에도 받았다고 간주해 버린 확신이 있다. 사랑과 상처. 그것은 짝패이지만 엇갈리는 시차(視差)다.

오아시스를 만났다면, 주변은 사막이라는 뜻이다.

아침나절 정신없이 눈보라쳤다
허공이 욱신거린다
면 산천
소주 한 잔
(이하 생략)

조셉 폴리시 줄리아드 스쿨 총장의 교육 철학의 강조점.
예술이 전부가 아닌 예술가들(Artists not only by Arts)을 기르는 것.

인생이 갑자기 복잡해질 때가 있다. 어떤 국면이 얽히고 설켰을 때가 아니라 파란이 다 마무리되었을 때가 그때다. 가령, 〈톨스토이의 마지막 인생〉의 자막이 올라가고 있는 순간, 아직 자리에 주저앉아 있을 때도 그렇다. 질펀한 술자리를 파하고 돌아올 때도 그렇다. 시시비비를 가리느라 지랄을 떨 때가 아니라, 그 짓거리의 무상성을 스스로 받아들일 때 인생은 착잡해진다. 화장이 벗겨진 줄 모르고 돌아칠 때의 당신, 어쩌면, 그 모습이 그토록 나였단 말인가? 번개처럼 낯선 빛에 의해 순간적으로 발가벗겨지는 절대의 순간을 피하고 싶지 않은 주체들. 번개를 조심하자. -.-

시인의 잡담

시, 나는 그런 게 있다고 믿는다. 여름날 호박잎에 떨어지던 굵은 빗방울. 겨울밤 잠든 사이에 지나간 바람소리. 옛연인의 이름. 그런 줄 알고 산다. 그런데 말은 그 실체를 가려 버린다. 사랑이라는 말은 진짜 사랑을 가린다. 우리가 사용하는 언어는 그래서 헛울음이다. 진짜로 울어보고 싶은 이들에게 언어는 실물이 아닌 짝퉁이다. 마스크 쓴 여인과 키스하는 것과 같다. 시는 언어 이전을 치고 나가고자 하지만 그 역시 언어라는 다리를 통해서이다. 생각해보자. 나는 박세현인데 내가 왜 박세현인가? 아니 그렇다 치자. 바로 이 대목에서 언어는 언제나 핵심을 건드려주지 못한다. 이를 일러, 나는 우스개로 '조직의 쓴맛'이라 부르겠다.

쓰지 않고 버린 자서

시집을 묶고 나니 봄날이다.
가을에 책을 내고 싶었던
터무니없는 열망은 또 어긋났다.
가을엔 꼭 실종되리라 계획했는데
수포로 돌아갔다

강원도 원주에서
경상북도 봉화우체국 앞까지 걸었다.
(915번 지방도의 새순같은 숨소리를 어찌 잊니)
이 걸음은 울진에서 시남히 완성될 것이다.
미완으로 남아 있는 걸음에 축복 있으라

철들지 못하고 산들, 어떠리.

2005. 2.

모든 사랑이 헛눈이듯 시는 한 번도 가져보지 못한 것을
가져보려 꿈꾼다.
철학이 자신의 각주를 지우는 시간이 아닐까?
기상청 예언대로
비바람 불고, 천둥 치고, 번개와 우박, 황사까지 법석을
편다면 말이다.
환상의 3D 입체 통감각을 향한 열망!

머리 텅 빈 글래머 같지 않아요? 맞장구 치면서 웃었다. 무실동
으로 넘어오면서 빽빽한 안개들이 전조등에 부서지는 걸 본다.
11월의 뒤끝? 생각해보니, 머리 텅 빈 글래머에 대한 개념이 내
겐 없다. 영문 없이 웃었던 것이 우스워서 조금 웃었다. 인도네
시아산 로부스타에 대한 커피집주인의 품평이다. 혀끝에 남아
도는 쓴맛! 그 맛을 시각화한 농밀하고 내밀한 안개맛이 12
월 오프닝까지 점령했다.

출근길, 봉화택지 사거리 붉은 신호등. 십일월이 왈칵 엎질러진다. 정신줄이 팽팽해진다. 더 갈 데가 없다는 절박감이 절벽이 되는 아침이다. 그러니 절벽 앞에 선 모든 사람은 성명서를 준비해야 한다. 잘 있거라, 나는 간다. 나를 향한 그리움은 전면 소각하라. 부디 잘 먹고 잘 살아라. 이렇게 2010년 11월을 결재한다.

가을이 뚝 뚝 떨어진다. 침묵한다. 침묵하자. 슈만의 〈시인의 사랑〉 전곡이 방송되었다. 전곡은 전부라는 말. 사람살이의 단위로는 전생애가 된다. 오늘도 전생애가 상연되는 삶을! 가을은 침묵이 안부다. 심해처럼 침묵하자.

오늘 아침은 행복했다. 라디오에서 Tchaikovsky의 Andante cantabile가 Borodin Quartet의 연주로 울려나왔기 때문이다. 라디오 볼륨은 나름 최대치로 올렸다. 음악은 제 고장 사람의 연주가 맛깔스럽다. 음악의 신토불이. 싱싱하고 감미로운 모순적 정서들이 폭발적이었다. 바이올린 선율이 복잡한 슬픔을 데리고 어디론가 떠나다가 잠시 멈추는 이 낯선 공간. 에레혼 erewhon이 이 지점었다. 톨스토이가 눈물을 뚝 뚝 흘렸다는 그 음악. 그가 『안나 카레리나』를 썼다. 그리고 그는 집을 나와 길에서 죽었다지 아마. 장엄하다. 톨스토이의 마지막 작품! 하긴, 우린 다 그렇게 페이드 아웃 되는 거지만. 오늘이여 굿바이.

인생 별 거 있어? 하는 말, 종종 듣는다. 그리고 나도 해버린다. 참 별 거 없는 게 인생이다. 그런데 이 말의 활용법을 보면 이상하다. 단정적 서술문으로 쓰이지 않고 대개 의문문의 형태로 쓰인다. 단정하기에는 자신이 서지 않아서 동조자를 구하는 게 아닐까. 인생 뭐 별거 있어, 하면서 자꾸 주변을 두리번거리는. 혹 놓친, 살지 못한 뭔가가 있을까 봐 걱정하는. 그래도 뭐 있는 듯이 살자, 그러다 가자. 민간 철학자처럼 속칭 개똥철학에 삶을 의탁하지 말고, 인생 아무것도 없는 줄 알면서 그래도 뭐가 있는 듯이 착각하며 살 수 있어야 한다. 꿈 꾸 듯이, 꿈밖이 허전해도 꿈 안은 화사하지 않던가. 인생 별 거 있음. 인생 곁으로 응집하라!

〈옥희의 영화〉는 네 개의 단편으로 연결되어 있다. 4악장의 음악, 차이와 반복. 주류 영화가 가위질한 내용들만 재활용한 듯한 영화. 홍상수의 11번째 영화다. 제작비 5천만원. 겸손한 저예산이 빛난다. 제작인원 총 4명. 문성근으로 표준화된 지식인, 홍의 영화에서 제일 어릴 정유미의 쨍한 연기, 이선균에게서 작열된 또라이 본능. '키스왕'에서 영화과 학생 진구는 옥희에게 사랑을 고백한다. 옥희는 진구가 착할 것 같다고 말한다. 이 말에 진구(이선균)는 '착할게'라고 대답한다. 형용사와 결합할 수 없는 어말어미 '-ㄹ게'만큼 그들은 덜 어울린다. 누구나 자기의 영화를 찍는다.

가을날에 시를 쓰는 일은 바보짓이다. 들판에 나가 햇빛한 줌이라도 더 몸에 간직하는 게 옳다. 가을볕으로 잘 말린 몸이 갈대처럼 펑 하고 한번 터져버리는 순간을 위해 몸 가득 빛을 모으자. 이런 날, 빛의 사도들은 성전에 모여 집단자살을 하기에도 마땅하고 좋은 날이다.

9월 하순에 내리는 이 비

머리와 가슴 사이를 적시는 듯
은밀하고 깊어서 내 혼자 퍼담고 있다
이런 밤에 한 잔
자네도 한 잔
꿈 그치기 전에 얼른 취하고 싶어

내가 만지면 다 고장이 난다. 물건도 그렇고 사람도 그렇다.
전수할 수 없는 놀라운 기술력이다. -.-

흰 이슬과 푸른 하늘. 이슬이 내린다는 절기 백로다. 지나간 태
풍에 대한 애도와 다가올 태풍에 대한 예감의 한가운데에 미치
도록 푸른 하늘과 맑은 소주 같은 이슬이 배치되었다. 반 소매
가 머쓱한 아침이다. 숙취도 맑고 투명하다. 백로(白露)가 백로
(白鷺)처럼 날개를 펴는 시간. 아, 가을인가!

시도 쓰고 에세이도 씁니다. 누군가 자기를 소개하는 멘트다. 필자들의 약력에도 이런 양다리는 눈에 띈다. 글도 쓰고 사진도 찍고 운운. 한 가지로는 입에 풀칠할 수가 없다는 뜻도 되고 관심이라는 게 한 곳에만 묶여 있을 수 없다는 뜻도 되겠다. 하여튼 한 우물만 파다가는 망하기 쉽다는 뜻인가? 융합과 통섭! 피아노도 연주하고 지휘도 하고. 시를 가르치기도 하고 쓰기도 하고. 울다가 웃다가. 소주도 마시고 맥주도 마시고. 자다가 깨다가 하는 게 산죽음(undead)의 현실을 지나가는 방법적 삶이리라.

비릿한 혁명과 화약 냄새가 브랜딩 된 탄자니아와 케냐 커피.
시 한 줄 재장전한다.

죽음이 두려운 것은
내가 사라진다는 것이 아니라
죽음 뒤에 아무것도 없다는 것
더 무서운 것은 세상이 멀쩡하게 돌아간다는 것
대박입니다.

새벽에 빗소리를 들었네
라임을 맞추고 있는 빗방울 소리
이런 울림을 받아주지 못하는 말이 미운 새벽이었지

부석사 다르마 시끄러워서 참선을 할 수 없군!

11월은 나의 취향이 완성되는 순간이다

청중 없는 연주가 있듯이 독자 없는 시도 가능한가?
최초의 독자도 나이고 최후의 독자도 나일 뿐인 시를 써야겠다.
나는 내 시 다 읽고 가겠다

He passed away this morning without a word.

'모든 것이 사진 찍히기 위해 존재'한다는 수전 손택의 말에
동의한다.
이 명제는 카메라를 떠나서도 유용하다.
시도 인터넷에 등록하기
위해 쓰여진다. 큰타자가 거기 있다는 듯이.

내가 그다지 사랑하던 그대여

내 한평생에 차마 그대를 잊을 수 없소이다

내 차례에 못 올 사랑인 줄은 알면서도

나 혼자는 꾸준히 생각하리다

자, 그러면 내내 어여쁘소서

이상의 「이런 詩」의 '작문' 부분이다.

언뜻, 이상이 스친다.

한국시는 이상과 13인의 아해들이 벌이는 퍼포먼스였던 것.

10

잡담들

잡담

나에게 시는 강력한 현실이자 더없는 환상이다. 아무 것도 아니면서 그것 없이는 살아도 살아지지 않는 그 무엇이다. 지금 나는 나의 시를 규정하고 있는가? 그렇다. 여담처럼 말한다면 내게 시는 설명할 수 없는 그 무엇이고, 설명해도 자꾸 남아도는 그 무엇이다. 설명되지 않기에 나는 시를 쓴다. 그래서, 설명되고 이해되는 것은 시가 아니거나 시의 영역이 아니라고 믿기도 한다.

나는 틈틈이, 짬짬이, 생업과 놀이 사이에서 시를 쓴다. 시를 쓰는 순간은 고통조차 달콤하다. 그것으로 나는 충분히 만족한다. 좋은 시를 남겨야 한다는 자기 수압 같은 것이 내게는 없다. 그저 씀으로써 나는 어딘가로 도망가기도 하고, 무엇을 헤쳐나가기도 한다.

삶이라는 무의미의 결 위에서 춤추는 언어들을 문자로 붙잡아 보는 일이 나의 시쓰기다. 일종의 대상 없는 오럴섹스다. 나라는 고독한 독자를 위해 나는 쓰고 또 쓸 뿐이다. 타자의 시선과 이해는 이 맥락에 포함되지 않는다.

쓰는 순간에 시가 증발해도 상관이 없다. 그것은 이미 쓰여졌고 읽혔으므로 한 편의 시는 완성되었다. 이제 나의 시는 찢어버려도 괜찮고 태워버려도 상관 없다. 개가 물어가도 개를 탓하지 않겠다. 알고 보면, 개가 물어갈 만큼 시는 소중하지 않다.

●

더러, 시가 소멸했다는 풍문을 접한다. 말하건대, 시는 소멸한 적도 없지만, 융성한 적 또한 없다. 내 어법으로 말한다면, 시는 오지도 않았고 가지도 않았다. 그렇지만 시류를 좇는다면 시는 죽었다는 데 망설임 없이 나는 한 표 찍는다.

시가, 죽었다는 말에는 시가 더 이상 '지속 가능해야 할' 그 이유가 '소멸'했다는 개념이 더 어울린다. 시가 죽었다는 담론에는 시를 알아주지 않는 세상에 대한 짜증이 섞여 있다. 좀 징징대면 어떤가? 아무도 대꾸하지 않는 징징거림도 이제 익숙하다.

국민들 각자가 손에 손마다 시집을 들고 다니기를 원하는가? 나는 일종의 균형론자다. 음지와 양지가 균형을 이루고, 행복과 불행도 대구를 맞춘다고 믿는다. 시가 덜 읽히거나 안 읽힐 때의 수혜자는 바로 시인 자신이다. 역설적이지만 비로소 시인은 시로부터 해방된다고 본다. 얼핏 불길해보이는 이 사태를, 그러나 시인은 반대할 일이 아니다.

이제는 당신 자신의 시를 쓸 수 있는 때가 도래했기 때문이다. 문단, 미디어, 독자, 문학상(商/賞)의 눈치에서 벗이날 수 있어서 얼마나 좋은가?

시인의 잡담

'혼자서도 잘 하는 아이'처럼 시인은 독립적으로 시를 써야 한다. 나는 이를 '시인 독립'이라 칭한다. 모든 매체와 시선과 문학 도그마로부터 벗어나자는 뜻이다. 연예기획사들은 어린 청소년들을 모아서 연습생으로 훈련시키고 그들의 활동을 관리한다고 한다. 혹간은 문학도 그쪽을 참조하는 듯하다. 문학도 그것이 가능하고 효과적인 장르가 있을 것이나 시는 좀 다르다고 본다. 시는 마케팅 영역의 예외로 존재하고 그래야 한다고 믿는다. 물론 이것은 나의 편견과 교만의 산물이다. 평균적인 독자들이 요구하는 시장성 있는 시들은 따로 있다. 그런 시를 쓰는 시인들과 시 그리고 그런 시를 소비하는 계층은 다른 계산이 필요할지도 모르겠다. 이 자리에서 염두에 두고 있는 시는 시장 근처에 있는 시가 아니라 시장과 관계없이 존속하는, 독립영화와 같은, 힘든 영혼들이 쏘아올린 폭죽 같은 시들이다.

누군가가 등을 두드려줘야만 '아, 내가 잘 쓰는구나'하고 안심과 용기를 얻는 시 '말고' 오로지 자신의 방백성에 충성스런 시를 두둔하고 격려한다.

곁들여 하고 싶은 얘기는 문학상이다. 나는 문학상을 타보지 않았기에 나의 견해는 공정성이 없는 것으로 들리거나, 상을 타보지 못한 자의 서운함으로 이해될 여지가 없지 않다.

각종 문학상 수상자들에게 나는 경외심을 가지고 있다. 또 그런 제도가 문인들을 격려하고 독자에게는 독서의 준거를 제공하는 구실도 한다. 이거 읽어 봐, 상 탄 거야. 수상작이 비수상작을 뒷전으로 밀어 놓는 출판사회학적 기능도 맡고 있다. 그러나 본심에 거론된 대상 작품들은 어느 것이 골라져도 별 차이를 만들지 않는다. 수상작은 수상작으로 호명되는 순간부터 기다렸다는듯이 '수상작품처럼' 번쩍거리게 된다. 알다가도 모를 일이다. 문제는 그것이 아니라, 좋은 작품이 있어서 상을 주는 것이 아니라 문학상이라는 시스템을 유지하기 위해 작품을 간택한다는 혐의로부터 자유로운 상은 얼마나 되는가에 있다.

대한민국에서 문학상을 타는 일은 쉬운 일이 아니다. 그렇지만 상을 타지 않기는 더 힘들어 보인다. 왜, 모든 상은 매년 빠짐없이 수상자를 뽑아내고, 수상자는 꼬박꼬박 수상소감을 쓰는가? 객담이지만, 밀란 쿤데라가 노벨상에서 제외되고 있는데, 그 이유는 모르겠다. 쿤데라가 빠진 노벨상 리스트는 가끔 내게 우리 동네 전화번호부 명단으로 착각된다.^ ^

시인의 잡담

얼마 전에 이상한 일을 하나 겪었는데 여기 적어두는 것도 괜찮겠다.

이 작은 도시에서 시인 한 분을 모시고 시낭독회를 겸한 강연회가 기획되었다. 행사 일정이 잡히자 시인을 직접 대면할 수 있다는 흥분으로 언론과 시민권이 술렁였다. 초청 대상 시인에 대해서 나도 들은 바 있기는 하지만, 자세한 정보는 없는 형편이었다. 그에게는 첫시집밖에 없고, 그나마도 절판되어서 독자들은 그의 시에 관한한 풍문뿐이었다. 그런데도 시인을 향한 열망은 줄어들지 않고 있었다. 우리 문단의 비평적 응시에서 벗어나 있는 희귀한 예외다.

공연장의 좌석에 맞게끔 입장권이 미리 배부되었는데 표를 얻지 못한 시민들이 몰려와 행패에 가까운 히스테리를 부리는 바람에 주최 측은 곤욕을 치렀다고 전해졌다. 입장권을 구하기 위해 움직인 계층과 직업군도 다양하다. 직업군인, 시의원, 이종격투기 선수, 속셈학원 강사, 귀농 농부, 노래방 도우미, 오케스트라 지휘자, 국립대학 총장 등등. 이들이 그의 시를 원했다는 것이다. 그러나 행사는 개회 직전에 찬물 끼얹듯이 상징적으로 취소되고 말았다. 시인의 섭외 조건 속에는 한 가지 기이한 단서가 포함되어 있었는데, 주최 측의 부주의로 그 약속이 지켜지지 않았다는 것이다.

시인이 강연을 수락하는 전제 가운데는 시인, 편집자, 문학교사와 같은 문학관계자는 일체 수강할 수 없다는 내용이 들어 있었는데, 이 약속이 지켜지지 못했다는 것이다.

후일담에 의하면, 여자시인 한 분이 나 하나쯤이야 하고 욕심부리며 객석을 채웠는데, 그것이 시인의 행사를 그르치는 결정적인 사단이 되고 말았다. 아쉽고 서운하지만, 그 행사는 이해할 수 없는 해프닝으로 남게 되었다.

●

시는, 정의하는 순간 틀어진다. 시는 정의하기 직전까지다. 마치 그대의 동의를 얻기 직전까지의 번뇌와 망설임과 괄호 안에 가둔 희열의 순간이 사랑을 생성시켜 주는 것처럼.

나에게 시는 강력한 현실이자 더없는 환상이다. 아무 것도 아니면서 그것 없이는 살아도 살아지지 않는 그 무엇이다. 그러니, 시는 언제나 나의 문제가 된다. 내가 누군지 모르면서 살고 있는 그 '나'의 문제일 뿐이다.

시가 사회의 공공재라고 인식되기도 하지만 더 솔직하게는 주인 없는 사유재산임을 나는 더 지지한다. 그렇게 믿고 산다. 나의 우울증은 나의 시, 한국시, 문단의 소셜네트워크가 잘 돌아가지 않는 데 있지 않다.

문학상을 돌려가며 탄다는 귀여운 질투가 가미된 소문에도 있지 않다. 계 타듯이 돌아가면서 타야지 한 사람만 계속 타면 더 큰 문제가 된다. 다시 말하지만, 나의 우울증은 한국문학이라는 숲이 말라가는 것이 아니라 내가 먼저 말라버릴까 봐 걱정하는 일이다. 젊은 날 파울 클레는 이렇게 썼다고 한다.

듣자. '나는 울지 않기 위해 그린다. 그것이 처음이자 마지막 이유다.' 나도 그런가? 나는 지금 이렇게 묻고 있는 나에게 되묻고 있다. 돌아보니, 한국문학은 한 번도 문제 있었던 적이 없었다. 그것만이 한국문학의 숭고한 문제일 것이고, 포즈였다고 생각하면서, 밖에 비오는데 이런 잡담할 정신은 아니어서, 마침표를 당겨 찍는다.

누가 나를 찾는다

12월 어느 날이라고 쳐두자. 원주시향 정기공연일이라고 쳐두자. 꼭 가는 것은 아니지만, 아닌 것도 아닌 이 공연장에 내가 나타났다고 쳐두자. 협연자로 나선 젊은 피아니스트의 실물을 보기 위해서라고 쳐두자.

공연장은 유럽음악을 사랑하는 원주시민들로 대충 가득 차 있다고 쳐두자. 수런거리는 말소리와 기침소리는 언제나 다정스런 생음악이다. 조금 설렌다고 쳐두자. 낯선 음악과의 대면 직전.

오늘의 협연자가 등장하여 피아노 앞으로 다가선다. 그때, 누군가가 내 등을 톡톡 두드렸다.

내 몸이 피아노였다면, 아주 단순한 저음역대가 짧게 울렸을 것. 돌아보니, 공연장 안내를 맡은 장발의 잘 생긴 꽃청년이었다. 로비에서 누가 급히 찾고 계십니다.

아쉽지만, 협연을 다른 청중들에게 맡겨두고, 로비로 나왔다. 무슨 일이야. 로비에는 관계자 외에는 이렇다 할 인물이 보이지 않았다. 두리번거려도 아무도 보이지 않는다.

뭐야. 뭔가 잘못된 것 같았다. 나를 호출한 청년을 찾았는데 그도 보이지 않았다. 공연장으로 몸을 돌이키는 그순간, 나는 뭔가 잘못된 것이 아님을 직관했다.

창밖에 펄펄 눈내리고 있지 않은가. 이순간만은 눈 내린다고 쳐둘 수 없는 장면이었다. 세상의 모든 눈이 일제히 내게 왔다.

하늘 한쪽 벽이 송두리째 무너지는 듯한 아득함.

마음 안쪽에 엎드렸던 잡음들 한꺼번에 튀어나와 눈 속으로 달아난다.

크게 소리 지르고 싶던 그 순간을 나는, 나라고 하는 물건은 잊을 수 없다.

한 입으로 다 들어올 듯 하던 이 말랑거리는 숭고. 한 입감의 시.

나를 불러낸 누군가가 아니었다면 맞닥뜨리지 못했을 이 숨막히는 장면. 그날, 나는 공연장으로 돌아가지 않았다. 협연도 잊고, 나를 호출한 누구도 잊은 채 눈 속을 걸어서 시에게 갔다. 내게 시는 그렇게 도착하고 있는 중이다.

시   시는 시시하고 너절하다. 현실적 가치를 가리는 말은 아니고, 그 속으로 들어갈수록 가파른 벼랑과 마주한다. 누구나 한 번 들어간 사람은 되돌아나오지 못한다. 이 시시한 스캔들을 어떻게 설명해야 하나. 나는 시 따위는 없다고 생각하게 되었다. 무슨 헛소리냐고 하겠지만, 시는 없고, 시 비스무레한 것에 나는 늘 홀린다. 내가 열망한 것은 시였으나, 내가 도달한 것은 시가 벗어 놓은 헛것이었다. 의붓어미를 친어미로 알고 산다. 이것이 나의 진짜 행복이자 가짜 진실이다.

시의 형식   시의 형식이라는 표현 자체가 재미스럽다. 나는 나만의 시적 형식을 발명해내지 못한 처지이기에 감히 이 따위 질문에는 할 말이 없다. 그저 뭉개는 것이 상책이다. 다만(이런 말 뒤가 의미 있지만, 나의 뒷말은 그렇지도 않다), 언어라는 게 그 자체로 형식성에 의탁하고 있기에, 다른 형식에는 관심 없다. 흔히 형식과 상관 맺는 실험이나 파괴라는 형식은 수상하다. 시의 형식은 없다. 한 편의 시가 잠시 서 있는 자리가 형식쯤 되겠다. 바람 부는 날 언덕배기 작은 교회에서 방향 없이 휘날리는 깃발처럼.

시의 내용   시의 내용은 마땅히 시의 형식이겠지.

시어   무용복을 입으면 무용수, 수영복을 입으면 수영선수, 잠옷을 입으면 잠자는 미녀. 그나마도 아무것도 걸치지 않은 사람은 맨살이라는 옷을 걸쳤다는 뜻? 시어는 그런 것.

스승   비 오는 날 그리고 바람 부는 날 그리고 꽃 피는 날, 잠 오지 않는 밤, 그리고 가난하게 죽은 시인들. 그리고 나라고 불리는 당신.

독자   최초의, 최후의 독자는 나. 최선의 독자도 나.
'잘, 읽었습니다' 이렇게 말해주는 당신을 나는 언제나 의심하겠다.

시를 쓰는 시간   시가 오지 않는 바로 그 시간.

●

　교육방송에서 〈천국의 국경을 넘다〉라는 다큐를 보았다. 충격이었다. 북한-중국-라오스-태국-남한으로 이어지는 북한 주민의 탈북 현장을 담은 필름이었다. 탈북을 주선하는 주체는 선교단체였고, 이 단체는 국정원과의 교감 속에서 북한 주민의 탈북 작업을 돕고 있었다.

　탈북에 성공한 20대 여성이 북한에 잔류하고 있는 아버지와 한국에서 직접 통화하는 영상도 충격 그 자체였다. 국경수비대들이 돈받고 탈북을 눈감아준다든가, 북한 내 감옥의 수감자도 돈으로 '뽑아온다'는 얘기도 놀라왔다.

　탈북 미션은 북한을 넘나드는 상인들을 통해서 이루어졌고, 이들은 북한 내부 관계자들과 거래하고 있었다. 제작은 조선일보가 맡고, EBS를 통해 송출되었다. 미국 측도 제작에 관여된 듯 한데, 잘은 모르겠고, 내 알 바도 아니다. 편집에서 잘려 나간 부분도 있을 테지만, 그것까지 유추하는 것은 무리다.

여기까지 적으면서 나의 충격의 골간은 좀 뻔하지만 목숨 걸고 탈북하는 북한 인민들의 참혹한 실상에 있고, 탈북작업을 두고 벌어지는 연극적인 인간군의 다양한 모습이다. 나는 이런 풍경을 두고 인권이니 자유니 평화니 하는 개념어들이 텅 비어 있음을 본다. 그것도 그것이지만, 진짜 놀라운 일은, 탈북한 20대 여자가, 북한-중국-라오스-태국-한국-뉴질랜드로 이동하면서, 그녀가 북한이 아닌 다른 국가에 적응하는 놀라운 자의식이었다. 그녀가 젊다는 것을 염두해도, 그녀의 표정과 말과 행동은 나를 놀라게 했다.

●

그녀의 모습에는 북에 두고 온 아버지, 언니 등에 대한 절박한 연민이 있지만, 북한이 아닌 모든 국가에 만족하면서도 그 만족이 자신이 추구했던 본질이 아닐 것이라는 추론도 가능하게 했다. 두만강 건너 자기 고향 마을을 건너다보면서, 소녀처럼 외치던 목소리가 귀에 쟁쟁댄다. 리포터가 고향이 많이 변했느냐고 물었을 때 그녀는 또렷하게 대답했다. '아니요, 하나도 변하지 않았어요. 제가 변했어요.'

내가 주목하는 것은 북한 주민의 인권이 아니다.

나는 탈북에 성공한 20대 그 여자를 보면서 그녀야말로 남한 사람들이 주목해야 할 세계사적인 인물일 거라고 직감했다. 그녀는 무엇 때문에, 무엇을 찾아 북한을 탈출했고, '지금, 여기'를 떠도는가? 단순하게 보면, 그녀의 엑소더스는 기본적인 생존과 자유를 행해 출발했다. 언필칭 G20 타령에 갇혀서, 국가적 탄력을 상실한 남한 주민의 입장에서 보자면 지금 공공연히 진행되고 있는 탈북프로그램은 남한 주민의 트라우마로 작동할 가능성도 없지 않다. 사회 여러 부문에서 발언되고 있는 세계화 전략은 촌놈이 서울 가서 서울사람 연습하는 것과 다르지 않다.

●

내가 다큐를 보면서 정말 놀란 것은 20대 여자가 원한 곳이 남한이 아닐 것이라는 사실이다. 물론 그녀의 입으로 그것은 발설되지 않았다. 느낌상, 그녀는 남한에 진입하는 순간, '여긴 아니구나'를 직감했을 것이라는 점이다. 길고 험난했던 탈북의 종점이 남한이 아니었을 것이라는 불확실한 나의 확신.

뉴질랜드의 한 공항에 내리면서, 그녀는 낯선 풍경을 달래려는 듯이 가방에서 무엇을 꺼냈다. '이럴 때를 대비해서 내가 준비한 게 있어요.' 그녀는 가방에서 썬글라스를 꺼내서 착용했다. 그리고 환하게 웃었다. 이 장면이 내가 본 다큐의 마지막이다.

●

이 장면 때문에 나는 이 글을 작성한다. 이유는 잘 모르겠다. 소설을 쓴다면, 필경, 저런 여자가 주인공이 되어야 하고, 첫 문장은 이렇게 시작해야 한다. '그녀는 가방에서 썬 글라스를 꺼내 얼굴에 걸쳤다.' 이 낯선 풍경을 그녀는 조금 천천히, 부드럽게 받아들이고 싶었을 것이다. 불과 한 달 전에 자신이 북조선민주주의인민공화국의 인민이었다는 사실은 중요하지 않다. 지금 그녀는 일개 세계인으로, 한 여자로, 한 개인으로 세계 앞에선다는 점만이 중요하다. 그녀는 습관처럼 혼자 중얼거린다. '어쩌면 운명은 내 편일지도 몰라.'

그녀는 왜 웃었을까? 그 의미는 무엇일까?

붓다의 말씀으로 그녀의 웃음을 해석해보고 싶다.

수처작주 입처개진(隨處作主·立處皆眞)

어둡고 시리고 넘치고 뒤틀린 곳은 다 북의 심볼이다.

혹시, 그대도 지금 탈북 중인가.

탈북을 꿈꾸는 그대여, 나의 동지들이여, 지금 그 자리를 떠나라.

썬글라스 챙기는 일을 잊지 말 것.

서촌 방향

●

오늘, 서촌을 다녀왔다. 3호선 경복궁역에 내려서 걸었다. 재즈 애호가 황덕호의 책 『당신의 첫 번째 재즈 음반 12장』 출간 기념 연주회의 자리였다. 몇 번 헛바퀴를 돌아서 연주회장에 도달했다.

북촌과 다르게 수수한 느낌이 좋다. 통인시장 바로 뒤인데, 장소는 2층이었고, 악기소리들이 계단으로 흘러내렸다. 문을 열고 들어서니, 악사님들이 제멋대로 삑삑거리며 리허설을 하고 있었다. 트럼펫과 바이올린. 바이올리니스트는 여자였다.

그런데, 이게 뭐지. 문을 열고 들어서자 고속버스 속 같은 구조의 꼭 그만한 공간이었다. 처음에는 여기가 공연장으로 통하는 통로인 줄 알았다. 왜들 여기 서 있는 거야. 안쪽에 바가 있고, 그 앞에 드럼, 베이스, 알토 색스, 트럼펫, 바이올린 주자가 서 있다. 객석이라 할 것 없는 배치였다. 내가 도착했을 때 손님은 도합 나까지 다섯이었다. 연주자와 관객이 무려 일 대 일 수준이다. 한 명 앉혀 놓고, 시를 읽는 시간과 다르지 않다. 여기도 무언가에 들뜬 사람들. 그러나 가슴이 풍만한 영혼들!

세 시에 시작한다고 공지되어 있었지만 시간은 늦어졌다. 몇 사람 더 동참해서 청중이 아홉 명이었다. 공간에 어울리는 정원이었다. 객석은 의자를 마주보게 밀어놓아서 마치 협궤열차를 타고 있는 것 같았다.

처음엔, 한 30명 정도는 들어갈 공간이겠지 했고, 조금 미리 가서 좋은 자리를 차지해야지 했는데, 완전 아니었다. 그게 놀랍기도 하고, 나름 아방하게 느껴지기도 했다. 나만 이 풍경을 기이하게 느끼는 것 같았다는 것. 좁은 공간이 주는 기분 좋은 밀도의 저항감 비슷한 것도 있구나. 아무려면 어떠냐. 저들의 저 열띤 집중력을 아껴야 할 시간이 도래했다.

저자 황덕호도 연주자들과는 대개 초면인 듯 했고, 사인한 책을 연주자들에게 돌렸다. 그의 스님 같은 머리가 번쩍였고, 라디오 프로그램에서만 듣던 목소리는 그 자체가 재즈톤이었다. 눈 앞에 나의 상상계가 있군. 자기 책에 대해서는 한 마디, 비기너들을 위한 책이라는 말만 하고, 연주자들을 소개하고, 진행을 했다.

●

　연주 직전에, 주최 측이 입장료를 걷으러 다녔다. 좁은 통로에서 돈을 받고 거슬러주는 풍경은 저 옛날 강릉에서 정선 쪽으로 가는 완행버스 속 같다. 차비를 수금하는 형식. 내겐 여전히 잊을 수 없는 풍속이다. 서촌 일각에서 느닷없이 무슨 밀거래에 동참한 듯한 느낌을 어떻게 설명할 수 있겠는가. 이하 생략.

●

　뜻밖의 날이다. 손바닥만한 공간. 아니 내 손바닥이 아니고, 거의 햇아이 콧구멍만한 이 공간에서 재즈세례를 받다니. 활을 잡은 바이올리니스트의 팔꿈치가 트럼페터에 자주 부딪쳐서 우습기도 했다. 트럼페터는 내 얼굴에 재즈를 쏟아부었다. 누구는 나를 더 앞자리로 나가 앉으라고 했는데, 그건 정말 트럼펫에 얼굴을 갖다 대라는 거나 마찬가지. 악단의 리더인 더블베이스 주자의 독주는 인상적이었다. 누구의 죽음을 추모하기 위해 작곡했다는 것인데, 나중에 확인해보기로 하자. 한 시간을 조금 상회한 연주가 다 마무리되자 앵콜 한 곡만 받고, 연주자들은 다음 일정으로 옮겨갔다. 몸에 덕지덕지 묻은 음악이 아까워 조금 밍그적거리다가 나왔다. 먹는다는 생각도 없이 성찬을 다 먹어치운 듯.

누하동을 지나 통인동 쪽으로 오다가 만난 이상이 운영했던 '제비다방'을 지났다. 들어가서, 조금 지체했다. 이곳에 김해경이 잠시 거처했다는 사실. 종로구 통인동 154번지. 몇 번지가 무슨 대수. 거기서 하늘 한 번 쳐다봤다. 이상이 쳐다봤을 하늘이 거기 있었다. 아무것도 세상에 남기지 않는다는 것은 기막힌 프로젝트라는 생각이 확 지나갔다. 재즈가 어떤 경로를 거쳐 내게 왔는지 딱히 기억은 없다. 벤 웹스터를 통해서인 것 같고, 찰리 파커 때문인 듯도 하다. 아무튼 어쨌거나. 건너편 효자동이 조금씩 어두워지고 있다. 서촌 누하동에서 재즈공연을 보며 겨울 하오 세 시를 살았다는 사실.

편견의 계보학

— 시마를 모시고

김소월

• 저렇게 한 손에 술병 잡고 혼비백산 소리치며 약산으로 걸어가는 친구는 누구냐?

•• 김정식입니다. 7.5조의 걸음걸이지요.

• 김정식? 낯설다.

•• 소월이라는 필명을 쓰는 친군데, 시는 잘 쓰지요. 들어보셨을 걸요. 『진달래꽃』의 주인입니다. 남쪽엔 목월, 북쪽엔 소월이라는 말도 있었지요.

• 그래! 그런 건 모르겠고, 지금 살았으면, 소월문학상 본상감은 되겠는데.

•• 힘들 거예요. 요즘 애들 손재주가 장난 아니거든요.

• 내 그러지 말라고 그렇게들 가르쳤는데, 말을 들어야지, 참.

- 그 뒤에 가는 친구는? 한복 입었군. 옷이 좀 구식이긴 하다.
- • 미당이랍니다.
- 미당이라? 미당이라 참 교만한 작명이구나. 마당도 아니고.
- • 서정주라고 『화사집』을 쓴 그
- 아, 알지, 그 친구군. 저 친구는 온몸이 시야 시. 미당문학
상은 받았어야 되는데, 다 지 복이지. 저 친구는 내가 가르쳐주
지 않은 것두 마구 쓰더라. 그게 말이 되더라구.
- • 그러니, '시의 정부'라는 소리를 듣잖아요. 기분 좋지 않으
세요!
- 성대가 워낙 좋아.

김춘수

- 저 친구는 깔끔한데, 어디서 본 듯해?

•• 대여지요.

- 대어의 오타는 아니더냐?

•• 대여라니까요, 김춘수.

- 무의미시 어쩌구 하는 시론을 떠들었지. 시는 두 가지뿐이라는 것을 설파한 친구야. 의미와 무의미. 끝까지 밀고 나갔어야 하는데, 무의미시 쓴다면서, 의미시를 썼지. 좌회전 깜빡이 넣고 우회전한 경우.

•• 그래도, 시를 시로 바라보았다는 점에서 자존심이 있습니다.

- 대여문학상은 아직 없니? 없음 내가 만들고, 내가 타면 어떨까?

- 마님도 참

김수영

- 이봐, 대여 옆에 서 있는 저 난닝구 입고 눈 큰 친구는 누구?
- •• 수영이잖아요, 김수영!
- 어디서 봤다 했는데, 술 너무 먹었나, 얼굴이 좀 빠졌다.
- •• 요즘은 번역하느라, 술 쉬고 있다고 들었어요.
- 근데 영어는 어디서 배웠더냐? 장난 아니여, 그 세월에.
- •• 저 친구 없었으면 어떡할 뻔 했어요, 한국시?
- 하긴, 사랑스런 개판이었겠지. 별것들이 다 시인이라고 왈왈 댔겠지. 저 친구의 앞뒤를 통해 한국시는 면상을 세웠어. 참여 어쩌구저쩌구 하는 수작들 말고. 시 그 자체. 지금은 아무도 그를 읽지 않는 눈치지만, 그런에도 불구하고 여전히 한국시는 저 친구의 손아귀에 잡혀 있다. 헤어진 전처의 그림자 같은.
- •• 뭐, 그 정도일려구요. 뻥치지 마시고.
- 쉿! 그나저나 저 친구도 김수영문학상 심사위원이라도 한 번 해먹고 갔어야 되는데. 안 그러냐?
- •• 누구 말도 듣지 않았을 겁니다.

시인의 잡담

김종삼

• 저기, 벙거지 쓰고 광화문통을 걸어가는 게 혹시 종삼이 아니냐?

•• 눈도 밝으시군요. 동아방송국에서 나오는 것 같은데.

• 불러봐, 빨리.

•• 벌써, 사라졌어요. 어디 가서 또 빨겠지요.

• 시만 쓴 친구다. 내 말 알아 들어?

•• 전업시인이었다는 말이지요, 절 뭘로 보세요. 선생님 밑이 얼만데?욧.

• 그러니, 너는 시를 고 따위밖에 못쓰지. 내 말은, 잡티 없는 시의 면상만 오려냈다는 뜻이다. '나 지은 죄 많아 죽어서도 영혼이 없으리'와 같은 구절을 보아라. 한국시에 이런 획은 없다. 그 옆에 같이 가던 친구는 누구냐? 면식은 있는데, 징징대는 것 같기도 했어.

•• 박용래요.

• 둘은 한번쯤 몸을 섞었어야 해. 저런 것들 없었다면, 한국시는 간이 맞지 않는 멀건 국물이었을 게다. 아니 그러냐? 졸고 있니?

김영태

● 저 물건은 걷고 있는거냐 춤 추고 있는 거냐? 물어봐라.

●● 초개 선생입니다. 김영태.

● 감히, 내 앞에서 선생은 무슨. 앞으로 영태라고 불러. 누구도 내 앞에서 선생이 될 수 없다. 나만 선생님이다. 시마 선생님. 밤낮없이 시의 영감을 제공한 내 앞에서 선생이라니!

●● 입에 붙어서요, 죄송합니다. 아무튼, 시 쓰지, 그림 그리지, 무용평론하지. 여러 가지 했습니다.

● 나는 저 친구의 미학을 인정한다. 절대 폼생폼사 아니더냐. 음악도 한 수 가지고 있어. 『평균율』 3인방 가운데 먼저 갔어. 쇠고기 살 때마다, 지 친구 생각난다. 왜 「그늘 반근」이라는 시 있잖아. 그래서, 아직도 한 근 주세요 하지 못하고, 반근만! 이렇게 한다. 우리도 시집 팔아서 마음 놓고 쇠고기 좀 사 먹자.

● 이 정도면, 됐다. 머리 아프다. 몇 명 더 보이는데, 오늘은 여기까지다.

●● 아직 줄이 긴데요.

● 보고 싶은 친구가 있기는 한데, 아직 살아 있어. 됐고!
이만하면, 나의 편견의 계보는 완성된다. 한국시의 본부석은 얼추 되었다.

나머지 좌석은 치워라.

•• 혹시 모르니, 의자 몇 개 더 준비해두겠습니다.

• 참, 배호나 박정만이 올 수도 있으니, 잘 접대해라. 내 안부도 전하고.

그리고, 요즘 수금이 잘 안 된다. 좀 챙겨라. 먹고 살아야지.

•• 속편 같은 것은 없습니까?

• 티오가 없어 빠뜨린 친구들이 한 다스는 된다. 백석 같은 친구도 넣어야 되는데, 알면 얼마나 섭섭하겠어. 나하고, 고량주도 한두 번 마신 사이가 아닌데. 생자들에 대해서는 다시 손보기로 하고, 급히, 몇만 입도선매해 둔다. 적어!

•• 그런데, 김해경이 빠졌잖아요.

• 이상! 지 혼자 저 앞에 가고 있잖니?

 그 친구만, 이상문학상을 거부했다는 것도 참고해라.

• 처음 듣는데요?

•• 그만 하자. 편두통이 왔다.

• 선생님도 이젠 힘이 빠진 것 같아요.

•• 임기가 지났잖니? 당분간, 나좀 찾지 마라.

2011년 10월 19일 수요일 택배로 시집을 받았다. 발행일자는 10월 31일로 되어 있고, 출판사 측이 예언한 날짜보다도 며칠 빠르게 시집이 손에 들어왔다.

통산 일곱 번째 시집이 되는데, 셀프 인터뷰 형식으로 시집에 관한 소회를 정리한다.

시집에 대한 소감을 정리해 달라.

소감은, 늘 사후적으로 정리된다. 임신은 했는데, 출산하고 싶지 않은 모순을 어떻게 정리해야 하나. 일곱 번째 시집이니 느낌이 덤덤해질 것도 같은데, 그것만은 학습이 안 된다. 시집을 매년 내는 것은 아니니까, 아마도 지난 번의 감정이 잊혀졌기 때문이라 본다. 시집 자체에 대한 본질적인 소감은 '감이 좋다'는 것. 독자보다 먼저 시인 자신을 흥분시켜야 한다고 본다면, 이 시집은 그 점은 통과다. 그럼에도 불구, 산후 우울증은 겪게 되더라. 내 손을 떠난 시집과 시집으로부터 튕겨져 온 내가

대면하게 되는 낯선 감정들이 결국 우울증으로 귀착된다. 그때
는 쓴다는 행위 자체를 부인하게 된다. 그 부인행위를 껴안게 되
는 것이 내가 시를 쓰는 어쩔 수 없음이다.

가을에 시집을 내고 싶어했는데 특별한 이유가 있는가?

        없다. 아니 있다. 정확한 기억은 아니지만, 첫시집
이후로 대개의 책들이 봄쪽에 쏠려서 출판되었던 기억이 있다.
가을의 화려함 속에서 책을 내고 산후조리를 하고 싶었다. 출판
일정의 조율에 작가가 관여하기 어려운데, 이번에는 운좋게도
그것이 맞아주었다. 아니다. 10월에 책을 낼 수 있게끔 스케줄
에 압력을 가할 수 있었다. 그 점에서 나는 행복하다.

시집의 제목으로 뽑은 '본의 아니게'는 느낌상으로는

        다소 껄끄럽게 들린다는 말을 하려는 것일 테고.
그렇지만, 여러 겹의 울림을 가질 수밖에 없는 말이 아니던가.
마지막까지 다른 제목이 경합을 벌였다. 그런데, 원고 넘길 때 가
제가 '본의 아니게'로 보내졌고, 해설자 역시 이 제목을 의식하

면서 글을 썼기에 제목을 바꿀 수 없는 단계였다. 본의 아니게, 『본의 아니게』로 결정되었다. '본의'는 늘 '본의 아니게'의 실현 이듯이, '본의 아니게'는 정확히 '본의'를 가리키게 되지 않던가.

이번 시집에서 특별히 공들인 점이 있는가?

　　　　　없다. 아니 있다. 읽어 보려는 사람들에게는 괜한 거품일 수 있겠지만, 이번 시집은 라캉 세미나에 동참하면서 얻어진 '분위기'가 많다. 세미나에 참가하면서 나는 너무 깊이 들어가지 않고 적당한 지점에서 돌아나왔는데, 그게 나에게는 힘이 되었다. 라캉에게서 얻어들은 상상계, 상징계, 실재계는 시를 쓰는 나를 자극했다. 특히 실재계가 그랬다. 말해도 다 말해지지 않는, 손에 쥐어도 무언가 자꾸 빠져나가는, 위반의 순간에만 드러나는 그 무언가를 나는 실재계로 이해한다. 유독 이번 시집에서 '나는 없다'라는 의미가 많이 등장한다. 그것은 불교에서 세공하고 있는 무아개념과 겹치기도 한다. 좀더 적극적인 의미에서 라캉의 '나'는 구성되는 측면이 강하다고 본다.

시인의 잡담

살살 얘기하자. 시집을 준비하면서 힘들었던 점이 있다면 정리
해보라.

흩어져 있는 시들을 불러모으고, 그것을 다시 배
열하는 작업이 힘들었다. 원고를 정리하는 기간에 삶을 갈구
는 일들이 많았다. 시를 만지는 작업이 그래서 지지부진했다. 시
와의 대결보다 시 외적인 정서적 톤을 정리하는 게 힘들었다는
뜻이다. 여기에는 늙는 과정도 포함되는 건 아닌지 살짝 걱정된
다. 열정의 증발 같은 것.

시집에는 발표작보다 미발표작의 비중이 커 보이는데

당연하다. 그만큼 덜 청탁받았다는 뜻이 된다. 쇼
프로그램에 출연한 가수를 보고 사회자는 말한다. 우리 프로에
자주 좀 나와주세요. 이 문맥은 마치 가수가 게을러서 나오지 않
는 것으로 왜곡된다. 이면은 그것이 아니고 불러주지 않아서 못
나오는 것. 시인들에게 청탁도 그런 것이 된다. 편집자에게 잊혀
지면 청탁이 끊어진다. 내게도 그런 현실이 다가왔고, 어느덧 '미
사리 가수'로 전락한 것. 증상은 언제나 맞대면의 원인을 갖는다.
즉, '장 떨어지지 국맛 없어진다'는 속담처럼, 청탁이 소원해지면

서 발표에 대한 욕망도 사그러든다. 이제 이렇게 말하는 것이 어울릴 연세가 되었다. 젊은 시절에 지면 하나 얻는 것은 큰 설렘이었다. 그러나 지금은 종이가 너무 흔해지면서 지면이라는 게 역할 때가 있다. 발표에 대한 자존심을 세울 수 있는 자기기만조차 많이 사라졌다. 나 어느 지면에 시 발표했다, 이런 거. 자기 혼자 읽는 시를 남들도 다 봤으리라 믿어 버리는 착각도 이제는 접혔다. 그런 가운데 시를 꾸준히 쓸 수 있었던 것은 시창작 수업과 같은 장이 있었기 때문이다. 시창작반은 정신분석학의 임상과 같은 구실을 한다. 그것이 내게는 수혈의 장이자 매혈의 순간이기도 했다. 글쓰기의 욕망과 발표의 허기를 달래고 있다는 뜻. 나와 수강생은 분석가와 분석수행자의 위치이지만, 더러는, 이제는, 그 위치가 뒤바뀌기도 한다. 선생과 학생 긴의 싱호모빙! ^ ^

느낌상으로는 시집이 기습적으로 나온 감이 있다, 그런가?

　　　　　　다소 그런 흔적이 있다. 이웃들도(없지만) 몰랐다. 일종의 깜짝쇼다. 그러나 그런 충격을 노린 것은 아니다. 시집은 단지 나의 작업일 뿐이다. 독자와 의논할 일도 아니다. 나름대로 훌륭한 일이다. 이 기술이 발달해서 시집을 내지 않는 단계까지 갔으면 좋겠다. 꿈이다.

시집을 받고 처음 한 일이 있다면서?

있다. 아니 없다. 시집 나왔다고 국립묘지를 참배하고 선산을 돌아볼 일은 아니기에, 물소리와 단풍이 이쁜 가까운 산사에 가서 쉬었다. 지인 두 사람이 동행해서 감미로운 술도 마셨고, 시집 얘기도 흐뭇하게 나누었다. 나는 인디밴드의 보컬 같은 느낌이었다. 그래도 내 시의 지지자들 때문에 시집을 내는데 들어갔던 노력이 달래졌다. 앞자리의 얘기들은 다 뻥이다. 실제로는 시집을 보낼 리스트를 만들면서 복잡해졌다. 시집출판은 결국 '-님께'라고 쓰는 발송작업이다. 싸인도 해야 한다. 싸인하지 않는 것과 싸인 받지 않는 것도 내 꿈이다.

낯선 출판사가 선택되었는데, 할 말은 없는가?

없다. 아니 있다. 출판사는 낯설지만 출판사 측의 시에 대한 뜻은 낯설지 않았다. 그 집이 고마운 것은 내게 시집 출판을 제의했다는 점이다. 등단하고 딱 두 곳에서 시집 제의를 받아봤다. 그것은 묘한 쾌감이 아닐 수 없다. 나와 문학적 취향이 아주 다른 메이저 출판사에서 제의했는데, 그때 나는 이미 다른 출판사의 계약서에 서명했기에 응할 수 없었다. 재미있는 것은,

훗날 그 출판사는 내 책의 출판을 사양하기도 했다. 억울하지 않은 그 기분이 너무 이상했던 것으로 기억된다. 이번 시집을 펴 낸 출판사 측은 내게 시선 넘버 5번을 배정했다. 야구에서 3~5 번은 클린 업 트리오다. 기분 좋은 번호다. 출판사 주인인 시인 김충규 사장이 '선생님 시집을 만들면서 행복했다'고 했을 때, 그의 행복이 나의 것임을 알게 되었다. 저자가 저자로 대우받는 다는 일은 귀하고 소중한 것이다.

다른 계획 있는가? 없다고 말하고, 다시 있다고 부정하시겠지.

　　　있는 것도 아니고 없는 것도 아니다. 시를 또 써야 겠지. 쓸수록 남아도는 찌꺼기가 있으니까. 그게 언어의 지랄 같 은 운명이고. 삶 또한 그러한 것 같고. 언제나 전부가 아니라는 not-all 점에서 시는 미완이다.

앞의 답변에 더 보탤 말이 있을 것 같은데?

　　　　가까이는 시집의 터울을 좀 짧게 가져가는 것이 소망이다. 시집 열 권을 가지고 싶은데, 5년에 한 권이면, 15년이 소요된다. 이 프로젝트는 15년이 걸린다. 75세까지 시를 쓴다? 75세까지 생명의 불이 켜져 있다고 보장할 수 없다. 죽는다는 것은 알지만, 내일 죽을 줄은 모르는 것. 멀게는 장편소설 한 권은 쓰고 싶다. 아주 헷갈리고, 재미 없고, 스토리 자체가 부서져 있고, 시와 생활이 혼재하는 그런 책. 보이스 오브 내레이션 같은 소설. 말이 소설이지, 잡념에 현미경을 들이대는 글이 된다. 살 날이 많지 않다. 이렇게 계획을 세우는 것이 나의 계획이다.

소설가가 되겠다는 말인가?

　　　　말귀가 어둡다. 소설 한 편을 써보고 싶다는 차원.

그게 그 말 아닌가?

　　　그렇게 알아듣는 그대는 소설가는 되겠으나, 소설
은 못 쓸 것이다. 내 시를 뭉개면서 깔고 앉은 듯한 글덩어리를
구축해보고 싶다. 그러면 안 되는 거냐?

말장난 아닌가,

　　　그럼, 또 어떤가.

혹시, 『설렘』 같은 산문집을 또 쓸 생각은?

　　　　없다. 아니 있다. 시인이 산문을 한 권 정도 갖는 것은 독자에 대한 예의이고, 자기 알리바이이기도 하다. 그러나 습관적으로 산문집을 내는 것은 시인이 에세이스트가 되는 순간이기에 경계해야 한다. 굳이 산문집을 낸다면, 나는, 내가 쓴 시가 아닌 쪼가리 글들을 묶어 볼 요량이다. 그래서 산문집이 아닌 쪼가리 글 모음 정도가 되겠다. 누구는 나의 뜻을 전해 듣고 고개를 저었다. 부정의 표시다. 그래서 그 책에 손을 대고 싶다. 맞장구치고 싶지 않다는 뜻.

끝으로, 이 책의 독자가 있다고 보는가?

　　　　있다. 아니다 없다. 혹 있다고 하더라도 나의 독자는 매우 좁은 영역에서 한 줌 정도 가련하게 존재할 것이다. 거의 비존재와 다름없이!
최선의 독자는 이 시를 쓴 나일 수밖에 없다.
한 명뿐인 나의 독자 제현이여, 안녕히, 그럼 어떤가, 자, 악수.

혼자 추는 이인무

—2014년 시창작 개강 라이브

· 일시: 2014년 3월 9일 토요일, 일요일 (양일간)
· 장소: 서울시 노원구 중랑천변 물억새 군락지 옆 벤치
· 대담 취지: 봄학기 수업의 방향과 시쓰기 전체의 맥락에 대해 기탄없이 떠들어보자는 것. 이 틀간의 대담에 참가해준 물억새'들'과 오리'들', 물속으로 숨던 고기'들'(물밖으로 나오지 않아서 이름을 댈 수 없음)에게 사의를 표하면서.

●

언어의 응시

–시창작 수업을 시작하는 소감에 대해 한 말씀 해주세요. = (생략) –요즘 근황에 대해서 널널히 선전해주시지요. =(웃으며) 뭐가 궁금하신지 말씀해주시면 대답할게요. –머, 딱히 그런 게 없군요, 아쉽게도. =그럴 줄 알았습니다. 그럼, 다음으로 넘어가십시다. –요즘 시는 좀 쓰시나요? ='좀'이라는 말은 좀 그렇군요. 그냥 '쓰시나요?'라고 되물어주세요. –질문을 수정하겠습니다. 시는 쓰시나요? =(틈 없이) 안 씁니다. –그럴 줄 알았습니다. 다음 질문하실 게요. –시쓰기 강의를 기획하면서 바라는 중심은 어

떤 것입니까? =질문이 어렵군요. 편하고 즐겁게! 그게 제가 생각하는 인문학의 실천이라 생각하기 때문입니다. 제가 방금 인문학이라 그랬나요? 입문학이라고 기표를 고칠게요. 입으로 하는 것. 입은 말이 새는 구멍이지요. 구멍은 뭡니까. 언제나 어디서나 쉴새없이 감당해야 하는 결핍입니다. 수다와 농담과 노래와 시라는 열망들이 근거하는 육체적 위치이기도 할 겁니다. -살살하시지요. 첫 강부터 그렇게 정색하시면 갈 길이 먼데 심란해집니다. 갑자기 수강료 환불하고 싶어질지도 모릅니다. 쉽게, 재미있게, 맛나게, 구체적으로. 이것도 입문학이라 생각하는데요. =말을 끊으니 무슨 말을 했는지 기억이 나지 않는군요. 우좌지간(이 말은 폭력적이군!) 인문학의 첨병이 시라는 것을 말하고 싶었습니다. 아시겠지만 인문학이 공들이는 게 언어학입니다. 우리는 어떻게 말하고 있는가? 말하는 태도를 문제 삼지요. 또, 언어가 요망한 허접임을 탐구하지요. 인문학에 대한 정의가 많겠지만, 인문학은 '언어에 대한 사랑'이라는 말이 좋습니다. 그 말은 언어에 굴복당하지 않겠다는 뜻도 되지요. 듣고 있어요? -선생님, 죄송했어요. 갑자기 문자가 와서 그걸 확인하느라. =머, 삶이 다 그렇지요. 수업시간에 교사의 말을 듣지 않고 친구와 종이쪽지를 돌려보는 게 시라고 말한 사람도 있으니까요. 그 사람 말에 기대면 지금 당신은 '시를 쓰고 있었던 것'. 괜찮습니다. 저도 그딴 느낌 잘 압니다. 문자 해봤고, 받아봤고. -선생님, 대담에 진지하게 임해주세요! 삐딱하게 하지 마시고. =알았습니다. 진지하게. -시를 쓰려는 초심자들에게 들려주고 싶으신 말씀을 쫌, 가슴에 닿게 말씀해주세요. =공허한 호기심이지요. 막바로 답하면, 시를 쓰지 않는 것이 시를 쓰는 것입니다. 시를 쓴다는 것은 자기를 응시하는 것이고, 자기 삶의 미열과 증상을 문자 언어로 다스리려는 인문적 실천입니다. 시쓰기는 언어와 언어의 문맥 속에 자기를 위치시키려는 자발성이지요. 이 자발성의 중심은 존심이지요. 자기 삶과 대면하겠다는 사람에게서 무엇을 더 뺏을 수 있겠어요? 오해하지 말아야 할 일은 시는 언어로 하는 공사고, 혼자 할 수 있고, 더구나 그것이 예술이라는 것을 잊어서는 곤란한 일들이 발생합니다. 지하철 시인이 될 수도 있다는 거지요. 그것이 어떻다는 것은 아니고요. (혼잣말로) 시는 이제 개인 복지가 되었지요. '그만하면 됐다'는 누군가의 지휘 아래. 또, 초심자라고 했는데. -네, 처음 시 쓰고 싶은 사람들에게 하고 싶으신 말씀 =초심자가 어디 있겠어요. 그리고, 그런 분들은 스포츠 댄스나 수영을 하는 게 이득이지요. 시보다 그게 있어 보이잖아요. -내 친구도 시인인데. =다음!

-대개의 삶이라는 게 머 선생님도 아시다시피 다 별볼일 없이 흘러가는 게 아닙니까. '흘러간다는 것'이 삶의 한 특징일 겁니다. 그럭저럭. 그런 삶의 와중에서 시에 혹하는 일이 자존감과 관련된다는 말에 밑줄 긋습니다. 그러나 자존은 꼭 시에만 한정되는 것은 아닐 겁니다. =(말을 뺏으면서) 그렇습니다. 시만이 자존심을 채울 수 있다는 것은 말이 되지 않습니다. 기만이구요. 시가 자존심의 영역이 아니라, 시에 헌신하는 과정이 자존심일 겁니다. 대개의 사람들에게 시라는 길은 '가지 않는 길'일 겁니다. 가고 싶지만 돈이 되지 않기 때문입니다. 시는 비현실인 것이지요. -그럼, 우리가 수강료 내고 비현실을 토론하는 겁니까? =발끈 하시기는! (귓속말로) 아닌 게 아닙니다. 시를 써서 돈을 모은 경우도 있는 모양인데 (이 뒷부분은 읽으시고 각자 삭제해주십시오, 저는 책임지지 않습니다) 아마 그것은 시가 아닐 겁니다. 재즈는 무엇보다 돈이 되지 않는 음악이랍니다. 그래서 아니 그러하기에 재즈가 순수음악으로 진화했는지도 모르겠습니다. 궁핍한 열정들이 자기의 꿈을 향해 쏘아올린 폭죽들이 재즈의 프로세스였을 겁니다. 제가 말하고자 하는 바는, 자기 삶

에 대한 열심입니다. 그것이 시를 쓰게 하는 에너지입니다. 구버전이긴 하지만 진정성을 강조하는 것인데, 진지함과는 또 다를 겁니다. 사실, 진지한 시는 딱 질색이거든요. ―시를 잘 쓰자면, 시를 많이 읽어야 겠지요? =그런 말 어디서 들으셨어요? ―에이, 왜 그러세요? 삼척동자도 아는 얘기를 가지고. =삼척에 '아는' 지인이 있는데 그쪽 동자들은 잘 모르던데. ―빨리, 대답하세욧. 선생님은 말장난을 하는 게 문제 같은데요. =너무 진지한 축도 나만큼 문제일 걸요. 시를 적게 읽는 것이 좋습니다. 일년에 몇 편 정도만 읽어도 충분합니다. 자기-기갈을 내면에 저축하는 힘을 기를 필요가 있다는 뜻입니다. 할 수만 있다면 안 읽으려는 버팀이 필요하겠지요. ―툭 하면 시가 망했다고 하면서 선생님은 왜 자꾸 시를 쓰시는데요? =좋은 질문. 이른바 물신주의적 분열의 주체를 자임하는 것이지요. 시가 끝났다는 걸 알지만 모르는 척 엎드려서 자판을 두드리는 거지요. 솔직하게 말하면, 시가 아니면 달래지지 않는 국면이 있거든요. 가련하고 뻔뻔한 일이지요. 상황이 파국적이지만 심각하지는 않다고 보는 문학적 실천이기도 하구요.

시인의 잡담

시 비슷한 것

=입 열린 김에, 제 말 더 해도 되겠습니까? -말이 고프셨던 모양
이네요. =2013년에 출판된 사화집을 읽었지요. 삼백편 정도니
까 삼백 몇 명의 시인들이 동원된 책이지요. -어머, 시인들이 그
렇게 많아요? 저는 선생님 뿐인 줄 알았어요. =딴소리 하지 마시
고요. -그래서요? =그 시들을 통독하면서 이상한 문학적 미열을
겪었습니다. 세상에! 좋은 시만 모이니까 좋은 시가 좋은 시가
아니더라구요. 이 이상한 가역반응을 어떻게 설명해야 좋을지
몰라서 쩔쩔 맸습니다. 삼백 몇 편의 시를 읽으면서 세 편의 시를
골랐으니 저의 감식안도 불쌍하지요. 꼰대가 된 제 우울증을 달
래며 조용히 앤솔로지를 덮었습니다. 시 속에 시가 없었다는 것.
이것이 바로 지금, 시 이야기를 꺼내면서 살아야 하는 저의 속
쓰림입니다. '엎질러졌으나 스밀 데 없는 물처럼 새벽 세 시에 깨
어나 서성인다' (김병호,「지금쯤」)는 문장에 눈이 갔습니다. -그
렇군요. =우린 다 속절없이 엎질러진 물이 올시다. -선생님 =왜
요? -시는 뭐예요? =미리 말하면 영업에 지장 있는데. -에, 시라
는 것은 =잠깐요, 전철 지나가고 나서요 ㅋ. 됐어요, 이제 시작하
세요. =재즈라는 것은, -선생님, 시라니까요 =아, 죄송. 시라는

것은 잘 모르겠어요. 벤야민이 이렇게 말했대요. 개념은 번역될
수 있는 게 아니다. ─있어 보여요. =그렇지요, 동감이에요. 정의
할 수 없는 게 시이겠지요. 이거다저거다 말씀할 수 있으나 그게
다 맞으면서 조금씩 이가 맞지 않는다는 것이지요. 영국어 시가
있고, 프랑스어 시가 있고, 일본어 시가 있듯이 한국어 시가 있
을 겁니다. 김소월의 시가 있고, 한용운의 시가 있듯이, 서정주
의 시가 있고, 백석의 시가 있듯이, 김종삼의 시가 있고, 김춘수
의 시가 있고, 김수영의 시가 있을 겁니다. 어쩔 수 없이, 어쩐다
는 도리 없이, 당신의 시가 있고, 나의 시가 있어야 하겠지요. 시
인의 수만큼의 시가 있다고 보면 될 겁니다. 시에 대한 개념도 그
렇게 여러 갈래라는 것. 구로사와 아키라의 자서전 제목을 아세
요? ─그럼요, 누가 줘서 읽었어요. 「자서전 비슷한 깃」=제목, 기
발성이 있지요? 저 제목이 주는 놀라움은 그것이 바로 '언어'의
본질을 가리킨다는 점입니다. 우리가 말하는 '사랑'은 사랑이 아
니라 사랑 비슷한 것에 지나지 않습니다. 요점만 들이대자면, 우
리가 읽고 쓰는 시는 '시 비슷한 것'입니다. 이게 시의 얄궂은 운
명입니다. 그 비슷한 공백을 자기의 뜨거움으로 메우고자 하는
끝없는 열망. 그 공백이 너무 커서, 너무 넓어서, 너무 뜨거워서
시인들은 그 공백을 몸으로 메우려고 자살을 하기도 하지요. 질
문하시는 분은 대충 뜨겁기를 바랍니다. 이게 시가 아닌 줄 나도

잘 알아, 그러나 나는 이게 시라고 굳세게 믿으면서 쓸 거야, 이런 태도. 좋잖아요. 한 입으로 긍정하고 부정해야 하는 입장이 오늘날 시인들이 선 자리일 겁니다. 한 마디 더 해도 될까요? -네 =제프 다이어의 「But Beautiful」에서 인용합니다. '자신만의 소리를 낼 수 있는가. 다른 누군가와 다르게 연주할 수 있는 길을 찾을 수 있는가. 이틀 밤 동안 결코 똑같은 연주를 되풀이하지 않을 수 있는가. 이것이 바로 재즈란 무엇인가에 결부된 질문들이다.' 재즈를 시로 대체하고 한번 나직히 읽어보십시오.

●

지름길은 없다

-각자의 시를 찾아라, 그 말씀이시군요. 선생님, 이발하셨군요. 어디서 깎으세요? =딴얘기 하지 마시고, 시 얘기만. 오직 시! -각자의 시를 찾는다는 게 꿈이지요 =찾는 것보다 더 중요한 애티튜드는 찾는 척 하는 겁니다. -갑자기 문자 쓰시네요, 애티튜드? =가끔 그런 말 써야 먹힙니다, 스펠은 몰라요, 저도 -갑자기 생각나서 저도 여쭤보실 게요? 수업시간에 창작시 첨삭지도도 하

실 건가요? =할만 하면 하는 거지요. 가령, 자기의 이름을 잘못 썼다든가, 맞춤법이 틀렸다든가 등등. 언어는 사용자의 산물입니다. 자기의 눈물이자 입김이자 호흡입니다. 머, 그런 걸 고치고 달고 하는 것은 제 소관이 아니라고 생각해요. -각자의 시를 쓰기 위한 방법 같은 게 있을까요? =그런 얍삽한 생각일랑 애저녁에 버리세요. 문학은 김수영이 아니더라도 온몸으로 하는 것입니다. 젊은 말과 나이 든 말이 달리는데, 물론 젊은 말이 힘있게 달리겠지요. 나이 든 말은 지름길을 안답니다. 문학은 노털이 알고 있는 지름길이 아닙니다. 물불 가리지 않고 길을 찾아 나서는 행로! 풀섶에 가려진 길을 발견하는 게 아니라 없던 길을 발명하는 일입니다. 그게 문학의 길인데, 시창작교실 주변에 지름길이 있다는 생각은 오산! 인문학의 범람이 인문학 자신을 속이고 있다는 생각도 이와 다르지 않습니다. 논어를 읽으면 될 것을 굳이 누군가의 입을 통해 들으려고 하는 것 즉 자발성을 양보하고 누군가의 안목을 거쳐야 직성이 풀리는 관성은 인문정신의 근간은 아닐 겁니다. -요점은요? =요점 없어요. 제 생각에 한정되는 것이지만, 자기와 만나는 것. 자기의 통점痛點을 아는 것, 어루만지는 것, 위무하는 것, 삶의 허위를 들여다보는 것 등등. 저같은 부류가 할 일은 일말의 가이드이지요. 저 쪽에 가시면 우물이 있을 겁니다와 같은. 입을 열고 물을 붓는 것은 저의 일이 아닙니다. 시를 찾는 것은 각자의 일입니다. 저마다 다른 인생, 저마다 다른 시의 얼굴. -시를 쓰는 사람에게 특히 필요한 것이 있을까요? =그럼요. 필기구와 노트는 꼭 있어야 할 겁니다. -저렴한 농담 하지 마시고요 =저한테 지금 대드는 겁니까? =말이 그렇잖아요, 지금. 여기서 이러시면 안 됩니다. 고정시키고 =제 특징이 잘 고정하는 겁니다. 하여튼, 미국 소설가 윌리엄 포크너는 소설가가 되기 위해 필요한 것으로 99%의 재능, 99%의 훈련, 99%의 작업이라고 했습니다. 시도 비슷할 겁니다. 훈련과 작업은 알겠는데 99%의 재능은 의외입니다. 검증받기 난해한 것이 재능이고 오해하기 쉬운 것도 이것입니다. 재능이 열정과 동의어로 쓰이는 것도 이와 같은 맥락이겠지요. 열정은 호기심일 것이고, 움직임입니다. 몸과 마음의 움직임이 새로운 생각을 자아냅니다. 딱한 재능은 시를 쓰기 위해 시만 읽는 부류인데 시를 위해서도 가장 곤란한 존재들이지요. 다양한 체험의 종합성이 없이 시를 쓴다는 것은 모래를 쪄서 밥을 만드는 것과 다르지 않을 것입니다. -포크너의 말이 포크로 찌르는 것 같아요. =대충 들으세요, 말이 그렇다는 뜻이지요. -선생님 말씀 듣고 보니, 그럴 듯 해요. 가끔 영화도 봐야겠어요. 다운받아 봐도 되지요? =물론이지요, 불법 다운로드가 더 시적 사고에 준한답니다.^*^

-어디서 읽었는데, 요즘은 그게 금방금방 생각이 나지 않아요? 어떡하면 좋아요, 선생님 =병원에 가 보세요. 아니면 누구한테 다상담을 받아보시던가요 -그건 뭔데요? =일종의 다판다 개념이지요? 철학이 원래 수상, 족상, 관상 너머에 있는 삶을 카운셀링하는 기능도 있잖아요. -생각났어요. 시인이란 신이 말을 걸어주는 자라고 했어요. 아마, 오르한 파묵의 말일 겁니다. =무신론자들은 누가 말을 걸어주나요? -자문자답 =디테일 속에 신이 있다는 말도 공감이 깊습니다. 혹시 〈인사이드 르윈〉 보셨나요? -봤습니다. 르윈, 그 사람 저주받은 시인 같은 존재더라구요. =저는 못봤는데요. -그럼, 제가 영화 리뷰 한 단락 인용해도 될까요? =바쁘지 않으세요? -저 오늘 시간 남아서요 =그럼 그렇게 하세요 -할게요. '〈인사이드 르윈〉의 주인공 르윈 데이비스는 포크송을 잘 부른다. 그것 말고는 매력이라곤 찾아볼 수 없는 천상 루저다. 버릇없고, 무책임하고, 게으르다. 아무한테나 빌붙어 하룻밤을 자고, 저녁이면 뉴욕의 지하카페에서 노래 부르고 푼돈을 받아 겨우 하루를 버틴다. 인간성도 별로다. 빌린 돈 갚지 않는 건 예사고, 다른 동료 가수들을 재능 없는 속

물이라고 빈정댄다. 그들과 달리 자신은 예술을 한다는 은근한 자부심을 내비치는 허세이기도 하다. 그런데 이런 밥맛이 기타를 튕기며, 호소력 있는 목소리로 노래를 부를 때면 주위를 감동시킨다. (중략) 결론부터 말하자면 감독 코언 형제는 데이비스를 예술가의 한 초상으로 보고 있다. 아무도 자신의 재능을 인정해주지 않고, 간혹 자기 자신도 그것이 의심스러워 다른 일을 찾아 방황하기도 하지만, 그런 궤적 자체가 예술가의 일상, 혹은 운명의 수레바퀴라고 보고 있다.' 이게 다예요. 어때요? =밥맛이군요. 시인과 르윈의 공유점은 속물이지만 그 속물성을 벗어나려는 경계점에 서 있다는 것. 하나는 시로, 하나는 음악으로. 더 하실 말씀 없으세요? -설겆이 하느라 저도 자세히는 보지 못했어요. =생활과 꿈은 공존할 수 없는 드라마이지요^^ 사랑이 혼외에 있듯이, 현실과 꿈이 협력하기 힘든 장면들이지요. 당신에게서 갑자기 시인의 아우라가 느껴집니다. -꽤 시간이 지난 듯 합니다. 하시고 싶은 말씀 있으시면 하시지요. =질문이 탕진된 시점이군요. 가히 시의 시간이 시작되는 순간이군요. 시는 아마도 말이 끝난 지점부터 시작되는가봐요. 길이 끝난 곳에서 여행이 시작되듯이. -수업이 어떻게 진행되기를 바라는지요? =시처럼 흘러갔으면 합니다. 시를 호명한다고 시가 나타나는 것은 아니지요. 선비들은 풍류가 아닌 곳에 풍류가 있다고 했던가요. 시는 우리가 눈 감고 있는 사이에 우리를 지나가는 무엇입니다. 시수업 시간은 시가 아니라 시에 '대해' 떠드는 시간이 될 것이고, 시라는 꿈을 지원하는 근본들을 확인하는 즐거움이 깃들였으면 좋겠습니다. -앞에서 시 삼백편 읽으시고 그저 그랬다는 말씀, 귀에 남습니다. 그건 뭘까?요. =일종의 시적 허무주의, 시적 숭고에 대한 상실감일 겁니다. 다르게 반복하자면, 참 좋은데, 거기까지였습니다. 어쩌라구, 하는 심정이었지요. 잘 썼으나 매혹이 없는 시들의 물결. -선생님 시도 끼어 있던데요. =끼어있다니요? -역시 발끈하시는군요. =돼지의 셈법은 본래 자기를 빼는 것이잖아요^*^ -ㅋ 난 그런 거 몰라, 내 책임은 아니야. 이런 뜻으로 들려요. 헤겔의 용어로 '아름다운 영혼!'이 되겠지요. =나의 최근 관심은? 물어보지 않았는데요. 그리고, 문제를 바꾸어서 왜 '저'를 버리고 '나'를 선택하세요. 이유가 있으신가요? =저라는 겸양어에는 미지근한 자기 비하가 깃들어 있고, 그러하기에 발언의 확신감이 주저되고 있다는 생각이 들어서, 강하게 말하고 싶을 때는 주어를 바꾸는 편이지요. 자동차 기어를 변속하는 것과 같습니다.

시인의 잡담

-기어를 바꾸셨으니 가속기를 =막, 멋있게 말하고 싶은 욕망이
솟구칩니다. 최근 읽은 책에 의지해서 제 생각의 일단을 펼쳐보
이시도록 하겠습니다. 이렇게 스스로를 높여보니 기분도 살짝
좋아집니다. 『장미의 이름』으로 널리 알려진 기호학자이자 소설
가인 움베르토 에코가 인터뷰에서 질문을 받았습니다. 당신 소
설에는 성적 장면이 딱 두 곳밖에 나오지 않는데 그 이유에 대
해 응답하라. '성性에 대해서 쓰는 것보다는 직접 하는 걸 좋아
하기 때문이라고 생각되네요.' 음. 시를 쓰는 것보다 시를 하는
게 좋다는 말은 말이 되는가. 옛날이지만, 이젠 나도 옛날이라고
말할 시간들이 생겼네요. 등단했을 때, 그 소식을 처음 알려준
분이 자기를 '시 하는 사람'이라고 소개했던 기억이 떠오릅니다.
그때의 '시 한다'는 용법은 시쓴다는 말이겠으나 저는 시를 살아
낸다는 뜻으로 쓰고 싶습니다. 시를 살자! 한국시가 기기묘묘한
테크닉의 진열대 위에서 각자의 시적 각성을 전시하고 있는 동
안, 독자들은 그래서? 하고 딴 데를 쳐다봅니다. 그 시간에 종편
의 떼토크를 보거나 개콘을 보기 십상입니다. 시를 더 재미있게
쓰자는 뜻도, 독자를 모아야 한다는 뜻도 아닙니다. 언어의 매

혹, 삶의 매혹을 동반하는 시들이 쓰여졌으면 좋겠습니다. 시적 댄디즘 같은 것. 이 수업을 통해 여러분들이 그런 시를 쓰시거나 발견하는 즐거움이 있었으면 좋겠다는 말이 될 겁니다. -시와 독자의 별거는 인정하시는군요. =별거가 아니라 디보스. 이혼. -어떡해요? 저같은 부류는 손 떼면 되지만, 선생님 같은 분들은 어떡해요? =고마워요, 생각해주는 척 해서. 르윈처럼, 영구혁명을 꿈꾸는 레닌처럼 자기 삶의 좌파로 사는 거지요. 그런 생각은 해요. -무슨 생각요? =에, 그러니까. 무대가 있고, 왼쪽에 피아노, 오른쪽에 드럼, 가운데에 더블 베이스가 놓여 있지요. 연주자는 없고. 좀 앞쪽에 테너색소폰, 트럼펫, 기타 등이 있다고 상상합시다. 악기 다섯이면 퀸텟이고, 넷이면 쿼텟이 될 것입니다. 그 풍경은 음악이 시작되기 직전이거나 공연이 끝나고 연주자들이 퇴장한 순간일 겁니다. 무대 위로 누군가 올라오면 좋겠습니다. 그걸 상상하는 순간 행복합니다. 아직 울리지 않은 피아노, 아직 연주자의 입에 닿지 않은 목관악기. 긴장한 드럼. 오지 않은 음악, 아직 덜 가신 음악의 여운들. 거기 젖어 있는 언어. 가보지 않은 길. 악보에 없는 길. 언어와 언어의 사잇길. 쉼표도 마침표도 사라진 문장들이 허물어지면서 깨어지는 의미들. 그것을 그것이라 믿었던 의미의 붕괴. 나는 그런 무대 앞에 앉아 있고 싶은 것일까. -선생님, 그만해야 되겠어요. 상태가 급

안 좋아지고 계세요. 끝으로 하나만 물을 게요? 시는 가르쳐질 수 있는 겁니까? =가르쳐질 수 없다는 걸 가르치지요. -그럼, 이 강좌는 뭡니까? =일종의 스캔들이지요. 간혹 배우는 게 있다는 분들도 있으니까요. 내 이렇게 될 줄 알았지요. 말미에 시나 한 편 달아주시오. 제목은 「삼척에서 시 쓰는 여자」.

삼척에 시 잘 쓰는 여자 있다 해서
거기 갔다 돌아오는 길이다
라디오에서는 선명한 음악이 흘러나온다
저렇게 분명한 리듬, 또렷한 노랫말, 망설임없는 선율은
귀를 여는 수고를 덜어 주어서 좋다 다시말해
스스로 뚝딱뚝딱 북치고 장고 쳐주니 좋다
그렇지? 그럼으로 이어지는 혼잣말 같다

삼척에서 시 쓰던 여자는 몇 년 전에 이사 가고 없었다
할 수 없이 그 여자가 살던 집이나 답사하고
생각보다 높고 힘든 언덕을 걸어서 내려왔다
과꽃 몇 포기 있었던 것 같다
과꽃이 아닐 수도 있다

삼척에는 본래 그런 여자가 없다고 누가 말했다
슷, 바람을 들이키며 그를 쳐다봤지만
헛걸음질로 되돌아서던 그때 나는 섭섭했던가
지금 나는 그것을 내게 묻고 있는 중이다

시인의 잡담